諸田龍美

中国詩人烈伝

人生のヒントをくれる型破りな10賢人

淡交社

目次

中国文学年表　6
関連地図　10

お悩み
「自分の信念を曲げられず、周りとうまくいきません。」
答える詩人
屈原　11
漢詩「漁父」　24
「懐沙」　28

お悩み
「出世する人を見極める方法ってありますか？」
答える詩人
曹操　33
漢詩「短歌行」　44
「却東西門行」　48

お悩み「脱サラして田舎に移住した息子が心配です。」
答える詩人 陶淵明 53
漢詩「帰園田居　其一」 64
「挽歌詩　其一」 68

お悩み「夢を叶える近道は？」
答える詩人 李白 73
漢詩「清平調詞　其二」 86
「将進酒」 90

お悩み「就職活動で心が折れそうです……。」
答える詩人 杜甫 95
漢詩「春日憶李白」 108
「哀江頭」 112

サヨばあちゃん

本書の案内役。料理が得意で、座右の書は宮沢賢治『雨ニモマケズ』。過去の詩人たちと繋がるスマホを持っていて、よく電話しているらしい。

お悩み
「教師として、どうあるべきか迷っています。」
答える詩人
韓愈 117
漢詩
「調張籍」 128
「左遷至藍関示姪孫湘」 132

お悩み
「仕事以外の生きがいを見つけるには？」
答える詩人
白楽天 137
漢詩
「香炉峰下、新卜山居、草堂初成、偶題東壁。重題。其三」 148
「売炭翁　苦宮市也」 152

お悩み
「嫉妬って、やめられないものでしょうか。」
答える詩人
魚玄機 157
漢詩
「遊崇真観南楼、覩新及第題名処」 168
「送別」 172

お悩み
「逆境に負けない秘訣って？」
答える詩人
蘇東坡 177
漢詩「念奴嬌　赤壁懐古」188
「食茘支　二首　其二」192
お悩み
「夫が家事をしてくれません。」
答える詩人
秋瑾 197
漢詩「有懐　游日本時作」210
「勉女権歌」214
主要参考文献 219
あとがき 222

イラストレーション　五月女ケイ子
ブックデザイン　小川恵子（瀬戸内デザイン）

前206 前221

前206 秦 前221	戦国時代 前403	前403 春秋時代 前770

前256 東周 前770

前278頃 – 前339頃
屈原

前479 — 前552
孔子

前289 —— 前372頃
孟子

前238頃 — 前313
荀子

前286頃 —— 前369頃
荘子

前6世紀頃
中国最古の詩集『詩経』成立

前221
秦の始皇帝が中国統一

前漢 8
新 25
後漢 220
220 三国（魏・呉・蜀）265
265 西晋 317
317 東晋 420
420 南朝

304 五胡十六国 439
439 北朝

前145—前86
司馬遷

155—220
曹操

365—427
陶淵明

303頃——361頃
王羲之

前91頃
『史記』完成

2世紀頃
「五言詩」成立

208
赤壁の戦い

239
邪馬台国の卑弥呼から魏に使者が送られる

311
永嘉の乱

383
淝《ひ》水《すい》の戦い

3～6世紀頃
「七言詩」成立

隋 581–618

唐 618–907

五代十国 907–960

宋 960–1279

762 – 701
李白

761 – 701頃
王維

770 – 712
杜甫

824 - 768
韓愈

846 — 772
白楽天

868頃 - 843頃
魚玄機

1101 – 1036
蘇東坡

626 玄武門の変

663 白村江《はくそんこう》の戦い

755 安史《あんし》の乱起こる

7~9世紀頃 漢詩の最盛期。「絶句」「律詩」形式完成

1004 澶淵《せんえん》の盟

1069 王安石の新法始まる

1142 紹興の和議

1912	清	1662	1662	明	1368	1368	元	

1907 - 1875
秋瑾

1936—1881
魯迅

1370 – 1296
楊維楨

1374 - 1336
高啓

1570 – 1514
李攀龍

1232 三峰山の戦い
1274 文永の役
1281 弘安の役
1407 『永楽大典』完成
1592 文禄の役
1598 慶長の役
1716 『康熙字典』完成
1725 『古今図書集成』完成
1782 『四庫全書』完成
1840 アヘン戦争
1884 清仏戦争
1894 日清戦争
1911 辛亥革命

関連地図

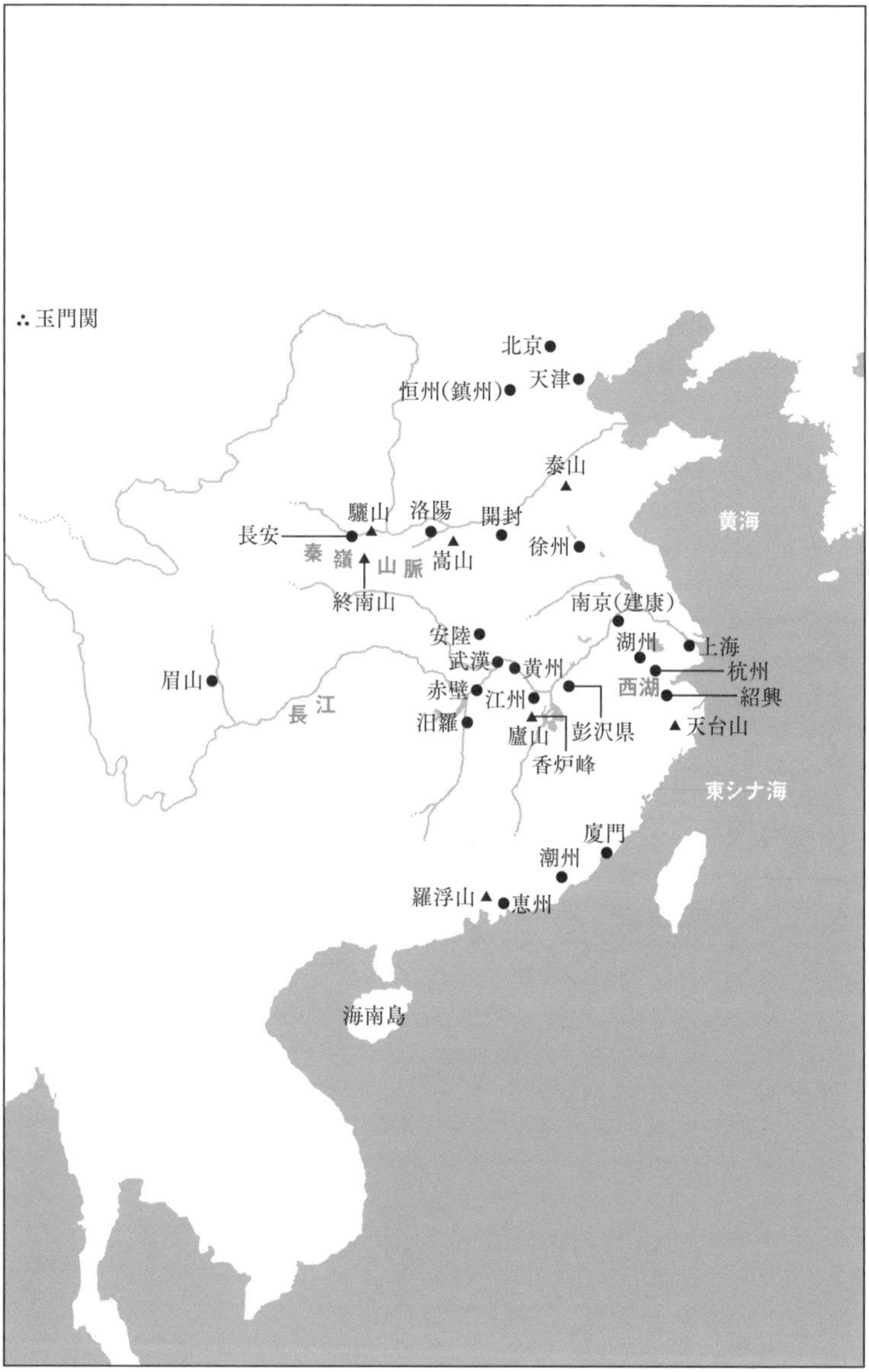
玉門関
北京
天津
恒州(鎮州)
泰山
黄海
驪山
洛陽
開封
長安
秦嶺山脈
嵩山
徐州
終南山
南京(建康)
安陸
湖州
上海
武漢
黄州
杭州
眉山
西湖
紹興
赤壁
江州
彭沢県
長江
汨羅
廬山
天台山
香炉峰
東シナ海
廈門
潮州
羅浮山
恵州
海南島

屈原

Kutsugen

紀元前339年頃～前278年頃

名は平《へい》、原はその字《あざな》。古代中国の戦国時代に、長江の中流域を領有した楚《そ》の貴族の家に生まれた。懐王（在位　前三二八～前二九九）の左徒《さと》（政策アドバイザー）となり信任されたが、同僚の中傷を信じた王に疎《うと》んぜられ、最期は水中に身を投げて死んだ。中国では「愛国の英雄」とされる。

「自分の信念を曲げられず、周りとうまくいきません。」

40代・会社員

ここは、山里を走るローカル線の駅舎。周りには茶畑が広がり、そばに大きな川が流れています。小さな無人駅ですが、ＳＬが走るので写真を撮りに訪れる人も多いのです。

その駅舎を借りて二十年以上お総菜作りを続けている、元気なおばあちゃんがいます。人呼んで、サヨばあちゃん。ふだんはかわいいメガネをかけて、弁当を配達したり、ＳＬに黄色い旗を振ったり。でも実は、若い頃に中国で暮らし、漢詩が大好きで中国古典にめっぽう明るい。そんな人柄に惹かれて、つい人生の悩み事を語り始める客も……。

今年も正月から元気に働くサヨばあちゃんのもとに、浮かない顔をした男性がやってきました。

客人　こんにちは。こちらで昼ご飯を食べられると聞いたのですが。

サヨ　いらっしゃい。明けましておめでとうございます！　今日はお雑煮ですよ。

客人　おめでとうございます。お餅が美味しそう。個人的にはあまりめでたくないんですが。

サヨ　どうしたんですか？

客人　実はわたし、会社で課長をしていたんですが、去年の暮れに地方へ飛ばされまして。

サヨ　あら、たいへんでしたねえ。
客人　口が悪くて、いつも失敗ばかりなんです。妻には小言ひとつ言えないんですが、会社の経営方針の話になると、つい本気になってしまって……。社長に嫌われたんです。
サヨ　正論をズバリ言っちゃうタイプ？
客人　正論か……。自分ではそう思っているんですけど、周りはそうは見てくれなくて。正直、長いものには巻かれろっていうふうに生きられたらいいな、と思うこともあるんですけど。
サヨ　できない？
客人　ええ、性分っていうんですか。自分に嘘がつけなくて。
サヨ　ゴマスリや口先だけで出世してゆく、世渡り上手な人もいるけどね。
客人　そう！　まさにそんなヤツでした、わたしの悪口を社長にさんざん言って左遷させた……。悔しいなぁ。
サヨ　あなたのお話を聞いていると、屈原《くつげん》さんのことを思い出すわ。
客人　クツゲンサン？
サヨ　そう、中国古代の。
客人　へー、そんな時代に、わたしと同じような悩みを抱えた人がいたんですか？
サヨ　屈原さんはね、紀元前（三三九年頃から二七八年頃）の人なのよ。日本は弥生時代、ようやく米作りを始めた頃ね。中国では戦国時代といって、多くの国が生き残りをかけて戦争を繰り返していたの。
客人　秦《しん》の始皇帝よりも前のことですか？
サヨ　そうよ。始皇帝が中国を統一したのは紀元前二二一年、屈原が死んで六十年近く経ってからね。
客人　おばあちゃん、詳しいですね。ビックリしました。
サヨ　謝謝《シエシエ》。屈原さんが生まれたのはね、長江《ちょうこう》の中下流域を支配していた楚《そ》という大国だったの。しかも貴族の家柄。王室とも親戚で、教養も記憶力も抜群……というわけで、王様の政策アドバイザーに抜擢《ばってき》された。でも結局、悪口を信じた王様に嫌われてね、最期は自殺しちゃったの。だけど、屈原さんを褒《ほ》める人はたくさんいるのよ。
客人　へー、どんな人だったんだろう。
サヨ　会ってみる？
客人　えっ、できるんですか？
サヨ　スマホで呼んでみるわね。……あ、モシモシ、屈原さん？

屈原　こんな時にサヨさんから電話とは。

客人　今、お話ししても大丈夫ですか？

屈原　私は今、汨羅《べきら》という川のほとりにいる。これから川に身を投げて死ぬところだ。

客人　エッ、自殺はいけません！　どうしたんですか。

屈原　なんだね、君は。あの漁師の仲間か？

客人　漁師？

屈原　そうだ。私は先ほどまで、長江の南方にあるこの汨羅の川辺をさまよい歩いていた。髪を振り乱し、苦しみの声を漏らしながら……。そして、不思議な漁師に出合ったのだ。
　漁師は、やつれた私の姿を見てこう尋ねた、「あなたは三閭大夫《さんりょたいふ》（※1）ではありませんか。どうしてこんなところに」と。私は言った、「今の世は、すべてが濁り、人々は酔っぱらい、正しい道が見えなくなっている。私だけが清らかで、醒《さ》めていた。だから、追放されたのだ」と。すると、漁師は「世の中がすべて濁っているなら、あなたもその流れに乗ればよい。人々が酔っぱらっているなら、あなたもそのおこぼれにあずかったらよい。なぜひとり、心の美玉を抱きしめて、追放されたりしたのですか」と言う。私は答えた、「私は潔く、清らかに生きてきた。どうして汚れた服など着られよう。いっそ川に身を投げて、魚に食べられたほうがましだ」と。すると、漁師はにっこり微笑《ほほえ》んで、ふたたび舟を漕《こ》ぎ、歌を口ずさみながら、行ってしまったのだ（※2）。
　もはやこの世に、私の真価を認めてくれる人はおらず、私を正しいと言ってくれる人もいない。

漁師は、時流に乗る生き方を私に勧めた。だが私は、命を惜しみ保身のために自分の信じる道を曲げるようなことは、絶対にしたくないのだ。どうせ死は避けられないとわかっている。ならば私は、命を惜しまぬ者でありたい。後世に現れるであろう立派な人々に、見習われるような人間になろう。そう決意して、私は今、汨羅の川に身を投げるのだ。

客人　ちょっと待ってください！　いったい楚で何があったんですか？

屈原　理由《わけ》を聞きたいのか……。少し長くなるが、話してやろう。

　私が生きた時代は、「富国強兵」がスローガンの戦国時代。多くの国が、塩や織物、武器や毛皮といった特産品で国を富まし、軍備を増強して、しのぎを削ってきた。なかでも有力な国が七つ。「戦国の七雄」と呼ばれている。わが楚も、もちろん七雄の一つだ。稲作が盛んで、柑橘類も豊富。「楚のミカン」といえば、他国の人々の憧れだ。

　ところが、諸国のなかで最も西にあった秦が、遊牧民族からいち早く騎馬戦術を取り入れ、圧倒的な軍事力を手に入れた。馬に乗るのに便利な、股《また》の割れた奇妙な服を着始めたり……（※3）。秦は新しい国で、伝統のしがらみがない。だから、他国の人材でも優秀であれば積極的に受け入れ、高位の者でも功績がなければ身分を奪い、畑を耕さない民は厳しく罰した。それで日の出の勢いで国力を伸ばし、他の六国は、この秦とどう付き合うべきか、意見が割れたのだ。国内でも異論が百出し、揺れ動いた。

客人　今の日本でも同じです。外国企業との合併《がっぺい》や提携、そんな合従連衡《がっしょうれんこう》の話が持ち上がると、社

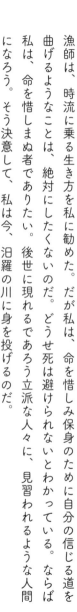

内はてんやわんや。

屈原　ほう、「合従連衡」は日本語でも使うのか。では、話が早い。六国は、縦《たて》に大連合を組んで秦と対抗しようという合従策と、それぞれ衡《よこ》に秦と連携して生き残りを図ろうとする連衡策、この二策の間で揺れ動いた。

私はもちろん合従策で秦と対抗すべきと考える。なにしろ秦は、自分さえ豊かになって生き残ればいいという、身勝手でどう猛な国だからな。

客人　そういう奴らは、すぐに掌《たなごころ》を返しますからね。

屈原　そのとおり。ところが、わが楚王は私の忠言を聞き入れず、身勝手な秦が約束した言葉を信じてしまった。張儀《ちょうぎ》のせいで……。

張儀という男は、実に弁の立つ、あくどい遊説家《ゆうぜいか》でな。各地の王に自分の意見や主張を説いてまわり、王のブレーンとなって立身出世しようと、野心を燃やしていた。そんな遊説家が、この戦国の世にはたくさんいる。張儀も若い頃、楚に遊説に来た。そして宰相と宴会をしていた時、宰相が大切にしていた宝物がなくなる、という事件が起きたのだ。張儀を疑った楚の宰相は、部下に命じて数百回も笞《むち》で打たせた。だが、張儀は罪を認めなかった。

実際、濡れ衣であろう。そんなせせこましい宝など、張儀は興味もなかったはずだ。釈放されると、妻がたしなめて、「あんた、もう本を読んだり遊説したりなんてこと、おやめなさい。そうすれば、こんな恥ずかしい目に遭わなくてすむんだから」と言った。すると張儀はこう応《こた》えたそうだ、「おれの舌を見ろ。まだあるか？」」。妻は笑って「舌はありますよ」と言うと、張儀は「それで十分さ」と（※４）。

客人 なんだかカッコイイな。とにかく、その舌先三寸に、楚の王様は騙《だま》されちゃったんですね？

屈原 そうだ。そのお宝事件から三年後、すでに秦の宰相となっていた張儀は、再び楚にやってきた。目的は、楚と斉《せい》とを仲違いさせること。斉というのは、東方の大国で、楚と同盟を結び、共同で秦に対抗していた。その両国の仲をひき裂くのがヤツのねらいだ。

張儀が来ると、楚王は、最上級クラスのホテルで出迎え、「こんな片田舎の国にわざわざお越しとは、どのようなご用件でしょうか」と尋ねた。張儀は弁舌をふるい「大王様がもしもわたくしの言うことを聞いて、斉との同盟をおやめくだされば、わたくしは秦の領地六百里を献上し、秦のお姫様を、大王様のお世話役に差し出させましょう。秦と楚が嫁を取り交わし、兄弟の国となれば、斉を弱体化させ、秦に恩義を売ることになります。楚にとってこれ以上の策はございません」と。

客人 それで王様はコロッと騙された？

屈原 王だけではない。並み居る群臣もみな張儀を信用し、祝いの言葉を述べる始末。それで楚王は、斉と絶交し、使者を秦に派遣して、土地を受け取らせようとしたのだ。

ところが、張儀はぬけぬけと言った。「それがしが王様とお約束したのは六里でございました。六百里などとは言っておりません」と。激怒した楚王は、大軍を繰り出して秦を攻めたが、後の祭りだ。斉からの援軍もなく、楚軍は死者八万人……、さんざんに負けてしまったのだ。
その翌年、和睦の使者として張儀が再び楚に来た。復讐する絶好のチャンスだ。だが、楚王は張儀を赦《ゆる》してしまった。一度は捕らえたものの、寵愛《ちょうあい》していた美女らの口車に乗せられてな。ヤツらはもちろん、張儀からたんまりワイロを握らされていた。

客人　屈原さんは反対しなかったのですか?

屈原　むろん大反対したさ。張儀を殺すべきだ、とまで言った。だが楚王は、私よりも張儀の言葉を信じたのだ。張儀は「大王様がもしわたくしを信じてくださいますなら、秦の皇太子を楚へ人質に出させましょう。さらに、秦王の娘をお世話役として差し出させ、その化粧料として一万戸の城《まち》をつけさせましょう」と。
私は反対して、こう直言した。「大王様は、以前も張儀に騙されたではありませんか。私はヤツを煮殺してやりたいほど憎んでおります。どうか、張儀の邪悪な弁舌に動揺されませんように」と。だが、楚王は聞き入れず、張儀を釈放してしまったのだ（※5）。

客人　バカ殿《との》だなあ。そんな無能な王が支配する国など、サッサと捨てて、別の国で活躍すればよかったのに。屈原さんほど優秀であれば、いくらでもヘッドハンティングされたでしょう。

屈原　とんでもない。祖国や王を見放すなど、私には考えられないことだ。たとえ追放され、受け入れてもらえなくても、心はいつも祖国を思い、やがて主君が悟ってくれること、人々の悪習が改善されることを期待した（※6）。私はそういう人間なのだ。

だがむろん、君が言うように、何よりも自分の立身出世を第一と考える者はたくさんいる。遊説家と呼ばれる連中は、たいていそうだ。例えば、張儀のライバルであった陳軫《ちんしん》もその一人だ。

陳軫はやはり有能で、秦王に仕え、張儀と寵愛を争っていた。

ある時、張儀が王に「陳軫は、本心では、秦を去り楚に行きたいと思っております」と告げ口した。秦王が陳軫に「お前は楚に行きたいのか」と問い質《ただ》すと、「その通りでございます」と言う。秦王が「張儀の言った通りであったな」と述べると、陳軫はこう答えた。「もし私が秦王様に忠実でなかったとしたら、楚でも私のことを忠臣と思うはずはございません。しかし忠義であっても棄《す》てられるのであれば、私は楚へ行くほかありません」と。秦王はなるほどと納得し、陳軫を厚遇した。

客人　さすがは遊説家、見事な返しだなあ。

屈原　だがその一年後、秦王はついに張儀を宰相に取り立てた。そこで陳軫は楚へ転じ、楚王のアドバイザーになったのだ。

張儀が秦の宰相として楚に来た時にも、王や群臣がみな張儀の「六百里を献上いたします」という言葉を信じ喜ぶさまを見て、陳軫はただ一人、弔問の言葉を述べた。「ご愁傷様《しゅうしょうさま》。張儀は、秦へ帰り着けば、きっと約束を破りますよ。そして、斉と秦の大軍が、この楚国へ同時に押し寄せてくることでしょう」と。この言葉も、やはり楚王に無視されたがね（※7）。

客人　なるほど。今度はライバル国であった楚の王様に、策を授けたわけですね。今なら会社を次々換《か》えてキャリアアップを目指すタイプ。確かに、祖国一筋の屈原さんとはまるで違う……。
二度も張儀に騙された楚王は、結局どうなったんですか？

屈原　楚王はその後、秦王が会見を望んでいると聞くと、私の反対を振り切って出かけていき、抑留《よくりゅう》され、最期は秦で亡くなった。楚では長男が王位を継ぎ、弟が宰相となったが、弟は私と意見が合わず、私を嫌った。そこで兄王にさんざん悪口を吹き込んで激怒させ、私を遠く追放させたのだ。
その後、私は長江の南方をさすらい、いつしか、この汨羅の川辺をさまよい歩いていたら、あの不思議な漁師に出合ったのだ。
もうよかろう。私はこれから身を投げ、後世の手本になる。さらばだ！

客人　あっ、屈原さん！

サヨ　残念ね、国を憂《うれ》えて自殺してしまうなんて。

客人　三島由紀夫を思い出しました。

サヨ　二人とも憂国の作家ね。

客人　ありえないですよ、組織を憂えて自殺するなんて、わたしにはとても……。だけど、屈原さんの気持ちは、よくわかるところもあります。人ってやっぱり、認めてほしい、自分の真価をわかってほしいと、願わずにはいられないんですね。

サヨ　ところが実際には、無理解や非難、中傷のほうが、よっぽど多い……。

客人　だから漁師は、世の中と真正面から対決するのではなく、臨機応変に生きればよいではないか。そう言って、屈原さんに違う生き方を勧めたんですね。

サヨ　どちらの生き方がいいのかしらね。

客人　やっぱり漁師の言う、融通無碍《ゆうずうむげ》な生き方に共感を覚える人が、現代では多いんじゃないでしょうか。だけどわたし、屈原さんの生きざまにも、なぜか心が動きました。気持ちが引き締まるというか……。あれだけ深く国や組織、時代について悩めるということ自体、とても偉大なことなのかもしれません。

今日はお話を聞けてよかった。帰ったら屈原さんの作品を読んでみようと思います。では、そろそろ……。

サヨ　あら、まだお雑煮食べてないわよ、あなた。

注

※1　屈原が以前就いていた官職の名。

※2　伝・屈原「漁父（の辞）」。

※3　今の「ズボン」の先駆け。

※4　司馬遷『史記』張儀列伝。

※5　『史記』屈原列伝。

※6　『史記』屈原列伝。

※7　『史記』張儀列伝。

漁父

屈原既放、游於江潭
行吟沢畔……（中略）……
屈原曰、吾聞之
新沐者必弾冠
新浴者必振衣
安能以身之察察
受物之汶汶者乎
寧赴湘流
葬於江魚之腹中
安能以皓皓之白
而蒙世俗之塵埃乎

漁父《ぎょほ》

伝・屈原

屈原《くつげん》 既《すで》に放《はな》たれて、江潭《こうたん》に游《あそ》び、
行《ゆくゆく》、沢畔《たくはん》に吟《ぎん》ず……（中略）……
屈原曰《くつげんいわ》く、「吾《わ》れ之《こ》れを聞《き》く、
『新《あら》たに沐《もく》する者《もの》は必《かなら》ず冠《かんむり》を弾《はじ》き、
新《あら》たに浴《よく》する者《もの》は必《かなら》ず衣《ころも》を振《ふる》う』と
安《いず》くんぞ能《よ》く身《み》の察察《さっさつ》たるを以《もっ》て、
物《もの》の汶汶《もんもん》たる者《もの》を受《う》けんや
寧《むし》ろ湘流《しょうりゅう》に赴《おもむ》いて、
江魚《こうぎょ》の腹中《ふくちゅう》に葬《ほうむ》らるるも、
安《いず》くんぞ能《よ》く皓皓《こうこう》の白《しろ》きを以《もっ》て、
世俗《せぞく》の塵埃《じんあい》を蒙《こうむ》らんや」と

漁父莞爾而笑、鼓枻而去
乃歌曰
滄浪之水清兮
可以濯吾纓
滄浪之水濁兮
可以濯吾足
遂去不復与言

漁父《ぎょほ》莞爾《かんじ》として笑《わら》い、枻《えい》を鼓《こ》して去《さ》る
乃《すなわ》ち歌《うた》いて曰《いわ》く、
「滄浪《そうろう》の水清《みずす》まば、
以《もっ》て吾《わ》が纓《えい》を濯《あら》う可《べ》し
滄浪《そうろう》の水濁《みずにご》らば、
以《もっ》て吾《わ》が足《あし》を濯《あら》う可《べ》し」と
遂《つい》に去《さ》りて復《ま》た与《とも》に言《い》わず

語釈

漁父　漁夫。漁師。「父」は、身分の賤《いや》しい老人の呼称。この意味の場合は、「ホ」と訓《よ》むのが慣例。

江潭　川の岸辺。「潭」は、水が深くなっているところ。淵。

行吟　歩きながら詩を口ずさむ。

沢畔　沢のほとり。

三閭大夫　楚の王室の家族のことを司る長官。

察察　清廉潔白。

汶汶　暗く汚れたさま。

湘流　湘水（湘江）の流れ。南方から洞庭湖に注ぐ川。

皓皓之白　純白。「皓」は、白く輝いているさま。清廉潔白であることの喩え。

莞爾　にっこり笑う。微笑む。

鼓枻 「枻」は、船を漕ぐ道具。櫂・楫《かじ》。「鼓」は打つ、叩くの意。櫂を勢いよく鳴らす。一説に、船縁《ふなばた》を櫂で叩いて歌の拍子をとること。

滄浪 川の名。漢水の下流を指す。湖北省で長江に合流する付近。滄浪の水が澄むとは、世に正道が行われている喩え。濁るとは、世が乱れていることの喩え。

兮 語調を整える助字。訓読では読まない。

纓 冠の紐。

遂 そのまま。

通釈

屈原は国を逐《お》われたのち、江水の岸辺をさまよい、詩を吟じながら沢のほとりを歩いていた。【…顔色は憂苦のために黒くやつれ、姿は痩せ細って枯れ木のよう。老漁夫がひとり、屈原に気づき「あなたは三閭大夫ではありませんか。なぜこの片田舎に」と問うた。屈原は「世の中はみな濁り、清らかなのは自分だけ。衆人はみな酔いしれ、醒めているのは自分だけ。だから追放されたのだ」と。漁夫は言う、「聖人は物事にこだわらず、世の流れに沿って生きるもの。世の中すべて濁っているなら、自分も泥をかき立てて、波を起こせばよい。衆人みな酔いしれているなら、自分も酒糟《さけかす》を食らい、薄酒《うすざけ》を飲めばよい。なぜひとり、深刻に思い悩み、高潔に振る舞って、自ら自分を追放させるようにするのですか」と…】

屈原は言った、「ことわざに言うではないか、『髪を洗いたての者は必ず冠の塵を払ってからかぶり、湯浴《ゆあ》みしたての者は必ず衣の塵を振るってから着る』と。この清らかな身に、汚れた物は着けられぬ。この潔白の身に、世俗の汚穢《けがれ》を受けるくらいなら、いっそ川に身を投げて、魚の餌《え》食《じき》になったほうがましだ」と。

するとと漁夫は、にっこりと笑い、勢いよく櫂《かい》を鳴らして、歌いながら漕ぎ去った。「滄浪の水が澄んでおれば、わが冠の紐を洗えばよい。滄浪の水が濁っておれば、わが足を洗えばよい」と。漁夫は、そのまま姿を消し、二度と語り合うことはなかった。

解説

「漁父」は、『楚辞《そじ》』(前漢の劉向《りゅうきょう》が編纂した中国古代の作品集)に収録されており、古来、作者は屈原とされてきた。近年では後人の作と見るのが一般的だが、司馬遷の『史記』屈原列伝にも掲載されているので、屈原の死後、間もない頃に作られた作品であろう。屈原の人柄や思想をよく伝えているので、紹介することにした。

対話の相手として登場する漁父は、世を避けて生きる隠者であり、一流の哲学を持っている。その思想の根源は、老子《ろうし》や荘子《そうし》が唱えた老荘思想。特に老子の、「作為なく自然のままに生きる」ことをよしとする「無為《むい》自然」の考え方に立っており、世の汚濁《おだく》や不正に真正面からぶつかっていく屈原の生き方と、鮮やかな対照を見せている。

懐沙

乱曰…（中略）…
懐情抱質兮、独無匹兮
伯楽既歿兮、驥将焉程兮
人生稟命兮、各有所錯兮
定心広志、余何畏懼兮
曾傷爰哀、永歎喟兮
世溷不吾知、心不可謂兮
知死不可譲兮、願勿愛兮
明以告君子兮、吾将以為類兮

懐沙《かいさ》

屈原

乱《らん》に曰《いわ》く…（中略）…
情《じょう》を懐《いだ》き質《しつ》を抱《いだ》きて、独《ひと》り匹《とも》無《な》し
伯楽《はくらく》既《すで》に歿《ぼっ》し、驥《き》将《は》た焉《いず》くんぞ程《はか》らん
人生命《じんせいめい》を稟《う》け、各《おのお》の錯《やす》んずる所《ところ》有《あ》り
心《こころ》を定《さだ》め志《こころざし》を広《ひろ》くす、余何《われなん》ぞ畏懼《いく》せん
曾《かさ》ねて傷《いた》み爰《ここ》に哀《かな》しみ、永《なが》く歎喟《たんき》す
世《よ》は溷《にご》りて吾《われ》を知《し》らず、心《こころ》は謂《い》うべからず
死《し》の譲《ゆず》るべからざるを知《し》る、願《ねが》はくは愛《お》しむ
こと勿《な》からん
明《あき》らかに以《もっ》て君子《くんし》に告《つ》ぐ、吾将《われまさ》に以《もっ》て類《てほん》と為《な》
らんとす、と

語釈

無匹 「匹」は、友。仲間。つれあい。
伯楽 中国周代の、馬を見分ける名人。転じて、人物を見抜く鑑識眼を持った人。
驥 優れた馬。駿馬。一日に千里を走る名馬。
焉 どうして……（できよう）か。反語表現。
程 力量をはかる。見分ける。
人生稟命 天命を受けて生まれる。人には、天から授かった、生まれながらの性質があることをいう。
錯 安んずる。
歎喟 嘆きため息をつく。
溷 乱れ濁る。汚れる。
譲 辞退する。回避する。
愛 おしむ。大切にして手放さない。
類 手本。

通釈

「まとめの歌」にいう……真心と飾り気のない性質を抱きながら、私は孤独で仲間もいない。馬の真価を見分けた伯楽は、もう死んでしまった。千里を走る名馬も、いったい誰に評価してもらえばよいのか。人として生まれ、天命を受けた我々には、各自にその安んずる境地がある。私はわが心を（忠義に）定め、広い志を持っている。だから何もおそれ危ぶむものはない。だが、重ねて傷み、ここに悲しんで、いつまでもため息をつく。それは、世の中が乱れ濁り、私を理解する者は無く、人の心は話にならぬほどひどいから。死は避けがたいものと知っている。(だから私は、正義のためには)生命を惜しまぬ者でありたい。(後世に現れるであろう)立派な人に、はっきりと告げておこう、私は今死ぬことによって、諸君が法《のっと》るべき手本になろうと思う、と。

解説

「懐沙」は、屈原が死を覚悟し、自殺を決行する、ほぼその直前に書いた絶筆である。『史記』屈原列伝でも、この作品が引用された直後に、「そこで(屈原は)石を懐き、汨羅の川に身を投じて死んだ(是《ここ》に於《おい》て石《いし》を懐《いだ》き、遂《つい》に自《みずか》ら汨羅《べきら》に投《とう》じて以《もっ》て死《し》す)」と記されている。また、東方朔《とうぼうさく》の「七諫《しちかん》」(沈江)にも、「沙礫《されき》(砂や小石)を懐《いだ》いて自《みずか》ら沈《しず》まん」とあり、作品名の「懐沙」(沙《すな》を懐《いだ》く)は、屈原が、沙や小石を懐いて、川に身を投げたことに由来するものと考えられている。『楚辞』にも収録されているが、ここでは『史記』の原文に拠《よ》った。

「懐沙」は、長篇の作品である。前半では、哀しみの心を懐きつつ南方の地に向かう自身の姿を描き、続いて、「白を変じて黒となし、上をさかさまにして下にする」世のありさまと、優れた才能や美質を懐きながらも世に認められない自己の不遇を嘆く。後半では、それでも初志を変えない態度を明らかにし、「乱《らん》」という「まとめの歌」によって、作品を締めくくっている。ここで紹介したのは、「乱」のほぼ全文であるが、冒頭部は省略した。

屈原は、楚王が捕らわれて秦で歿《ぼっ》し、兄王が即位して以後、ほぼ二十年にわたって、楚の地方都市に流罪となった。その間に、秦はますます強大となり、紀元前二七八年、ついに楚の都・郢《えい》も、秦軍の猛攻に屈して陥落した。それを伝え聞いた屈原は、祖国の現状と、その行く末に深く絶望しながら、この「懐沙」一篇を書き、汨羅の淵に身を投じたのである。齢《よわい》、六十二歳ほどであった。

ちなみに伝説では、屈原が自殺したのは五月五日とされる。その死を悼《いた》んだ楚の人々は、毎年、命日になると、竹の皮や葦《あし》の葉で餅米《もちごめ》を包んだ粽《ちまき》を水中に投げ入れて、屈原を供養した。これが端午《たんご》の節句となって今に伝わるという。

「懐沙」の最後で、屈原は、「私は今死んで、諸君が法るべき手本になろうと思う」と述べていた。果たして後世、屈原を手本とする者は現れたのか。この点について、司馬遷（『史記』屈原列伝）は、次のように記している。「屈原が死んだ後、楚には、宋玉《そうぎょく》・唐勒《とうろく》・景差《けいさ》といった人物が現れ、みな文章を好み賦《ふ》（長編詩）の作者として賞賛された。彼らはみな、屈原のゆったりした文章表現を手本とし、見習ったのである。しかし、目上の者にも遠慮せず、正しいことを直言して諫《いさ》める、屈原の態度を、見習う者はなかった。その後、楚は、日々に削られること数十年、ついに、秦によって滅ぼされたのである」と。

諸田センセイからの一言

「組織のなかで、個人としてどう生きるべきか」という問いは、屈原が後世に投げかけた最大の課題でしょう。漁父が語ったように、世の流れに逆らわず臨機応変に生き方を変えるのが、成熟した大人の態度だとすれば、屈原の生き方は独善的であり、幼稚ですらあったのかもしれません。

しかし、世の流れを必然の運命として諦め、それに適応することだけを考えていればそれで十分だと、本当に言えるでしょうか。少なくとも屈原は、歴史や運命をただ眺めるだけの傍観者ではいられなかった。歴史の舞台に自ら登り、困難な時代状況と、自己の良心、その間に立って苦しみ、ついに、己《おの》れの良心を守り抜こうとして、淵に身を投げたのです。

「屈原列伝」の最後で、司馬遷はこう述べています。「わたしは彼（屈原）の作品を読み、その志が認められなかったことを悲しんだ。長沙《ちょうさ》におもむいて、屈原が身を投げた淵をながめ、涙を流しながら、その人柄を心に思い描いた」と。司馬遷は、戦いに敗れた知人の将軍（李陵《りりょう》）を、皇帝に逆らって弁護し、宮刑（去勢の刑）に処せられた歴史家です。司馬遷の勇気あふれる弁護は、「屈原を見習った行為」であったのかもしれません。だとすれば、死後二百年経って、屈原の態度を手本とする人間が現れたことになります。

曹操

Sousou

155年～220年

中国・三国時代の武将。魏《ぎ》の始祖。字は孟徳。後《ご》漢《かん》の末、黄巾《こうきん》の乱の鎮圧を機に勢力を伸ばし、中国北部を統一。南下を試みたが、赤壁《せきへき》の戦いに敗れ、呉《ご》の孫権《そんけん》、蜀《しょく》の劉備《りゅうび》とともに天下を三分した。魏王となり、死後、武帝という尊号を贈られた。

「出世する人を見極める方法ってありますか？」

20代・会社員

茶畑はいちめんの新緑。吹き渡る薫風が心地よい季節になりました。遠くからＳＬの汽笛が響いてきます。サヨばあちゃんは、なんだか忙しそう。どうやらいつもの昼ご飯に団子をプラスして、客をもてなすつもりのようです。

客人　このお団子、きなことあんこが絶妙のハーモニーですね！

サヨ　あなたは若いから、甘い物には目がないでしょ。

客人　でも、甘ったるい男はゴメンです。出世しそうもないですから。

サヨ　あら、なかなか辛口ね。

客人　私ＯＬなんですけど、出世しそうな男と結婚したいんです。将来は自分の会社を立ち上げ、売り上げ日本一を目指すような……。でも、どこに目をつけたらいいのか、わからなくて。

サヨ　千里の馬を見抜く方法を知りたいのね。

客人　千里の馬？　懐かしい！　漢文の授業で習いました。名馬は年老いても、志《こころざし》は千里を駆ける……とかナントカ。

サヨ　ああ、曹操《そうそう》の詩ね。

客人　ソウソウ？

サヨ　『三国志』の英雄よ。彼は自分が作った詩で「老驥《ろうき》は櫪《かいばおけ》に伏《ふ》すも、志は千里に在《あ》り。烈士《れっし》暮年《ぼねん》、壮心《そうしん》已《や》まず」と詠ったの。「駿馬《しゅんめ》はたとえ老衰して馬小屋に伏せていても、その志は千里のかなたを駆け巡る。同じように、勇ましい男は年老いても、大きな志を抱き続ける」って。

客人　何だかカッコイイですね、曹操って。いつの時代の人ですか？

サヨ　曹操が生まれたのは、二世紀の半ば頃よ。中国では、後漢《ごかん》という王朝がまさに滅びようとしていた時期。この頃は地球の平均気温が今より低かったらしいの。だから、北からは異民族が侵入してくるし、穀物も育ちにくい。しかも、朝廷の内部では、外戚《がいせき》（※1）や宦官《かんがん》（※2）が好き勝手に振る舞い、皇帝は短命で次々に死んで行く……。そんな乱世に曹操は生まれたのね。歴史書（『三国志』魏志倭人伝）には「倭国《わこく》乱る」とあるから、日本列島も混乱状態だった。それを安定させたのが、邪馬台国の女王、卑弥呼ね。中国では、曹操が乱世を治めようと頑張ったの。

客人　そういえば、母が昔、テレビに出てくる諸葛孔明《しょかつこうめい》の大ファンだったみたいで、よく曹操の話もしていました。でも、確か悪人でしたよね、曹操って。どれくらい出世したんですか？

サヨ　最後には、魏という国を打ち建てて、息子が初代皇帝になったわ。

客人　スゴイ！　現代にもいないかしら、曹操みたいな男……。

サヨ　会ってみる？　曹操さんに。

客人　え？

サヨ　じゃ、スマホで呼んでみるわね。

曹操　余《よ》（私）は今、五十六歳。一昨年の冬には、赤壁で劉備・孫権の連合軍に思わぬ惨敗を喫した。天下統一は前途多難だ。優れた人材を急ぎ招いて、なんとしても巻き返しを図らねばならぬ。だが、今や天下の北半分は余の支配下にある。この冬、都の鄴《ぎょう》に豪壮な宮殿・銅雀台《どうじゃくだい》も完成した。今からそこで酒宴を開くところだ。漢の皇帝（献帝）は、わが魏の領内に囲っているが、余の功績を称え、広い領地を授けたいご意向と聞く。しかし余は、領地の大半は辞退するつもり……。

サヨ　あの、曹操さんがなぜ出世できたのか、知りたい人がいるんです。

曹操　出世できた理由？　それは自分でも知りたいほどだ……。

思えば、余が幼い頃、父は祖父の威光を借りて、一億万銭という大金で高官の職を買い求め、出世の道を歩んでいた。だが、わが胸中は複雑であった。漢王朝を混乱に陥れている元凶は、外戚と宦官だ。なかでも宦官の横暴には目に余るものがある。ところが、わが祖父は宦官であり、余はその宦官の孫なのだ。軽蔑の目で見られる劣等感と、気取らなくてすむ解放感……。それで無《ぶ》頼《らい》なこともずいぶんやった。

悪友の袁紹《えんしょう》と、結婚式を挙げている家に忍び込み、花嫁を奪ったこともあったな（※3）。夜中に

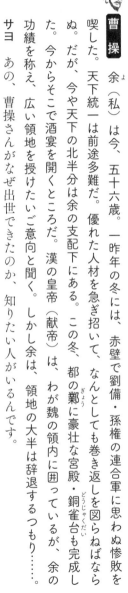

「泥棒だ！」と叫び、みなが慌てているスキに盗み出したのだ。ところが、袁紹がへまをやらかして、逃げている途中、いばらの茂みに落ち込んで身動きがとれなくなった。それで余は「泥棒はここだ！」と叫んだんじゃ。びっくりして、袁紹は飛び出てきおったわ……。鷹狩やドッグ・レースにも夢中になったが、学問と武芸だけはおろそかにしなかったぞ。二十歳で孝廉《こうれん》（官吏候補者）に推薦された頃は、世間から凡愚な人間と思われないよう、せめて一郡の長官（太守）になって、わが存在を世に知らしめたい、と考えていた。

客人　青年時代から目立っていたんですか？

曹操　人物を見抜く目があると評判の橋玄《きょうげん》という者が、ヤクザ者だった余を見てこう言ったことがあった、「君はまことに乱世の英雄、治世の姦賊だなあ。私は老いぼれて君の出世を見られないが、わが子孫をよろしく頼む」と（※4）。

客人　頼もしい印象だったんですね。体格もよかった？（※5）

曹操　体格……。実は、余には体格コンプレックスがあってな。外国の使者が謁見に訪れると、美丈夫《びじょうぶ》を代役に立てたりした。余は護衛兵に変装し、刀を持って玉座のそばに立ったが、後からその使者の感想を聞かせたところ、「魏王の風采《ふうさい》はたいへん立派だが、その傍らで刀を持っていた男こそ英雄だと思います」と答えたという。余は恥ずかしくなって追っ手を放ち、その使者を殺させた（※6）。

客人　こわーい！

曹操　指揮官たる者、冷酷と思われようが、時には断固たる態度が必要なのだ。余は二十歳で後漢の都・洛陽《らくよう》の尉《い》（治安を取り締まる武官）になったが、着任するや、ただちに城《まち》の四方の門を改修した。そこに十本余りも棒を懸《か》けておき、出入りのルールを守らぬ者があれば、権力者であろうが、豪族であろうが、容赦なく殴り殺させた。皇帝の寵愛を受けていた宦官の親族も、夜更けに門を通ろうとしたので、同じ目に遭わせた。それ以降、洛陽では、ルールを破る者はいなくなった。一罰百戒だ。

客人　女性は、どんなタイプがお好きですか？

曹操　余は二十五歳で結婚した。相手はダンサー、芸者あがりの美しい娘だ。しかも、賢い。そのうえ倹約家でな、派手な物は好まず、余はそこが気に入ったのだ。わが大切な息子、曹丕《そうひ》と曹《そう》植《しょく》を生んでくれたのは彼女であった。

その後、余は古典の素養を買われ、天子のアドバイザー（議郎《ぎろう》）となった。ただちに上書して皇帝に何度も訴えた、「宦官やその鼻息をうかがう邪悪な者どもが朝廷に満ちあふれている現状を変えなければだめです」と。だが皇帝（霊帝）は暗愚であった。内憂外患をよそに、派手な宴会や馬鹿馬鹿しい遊びばかりを好んだ。宮女らを売り子に仕立て、後宮の模擬店で互いに万引きさせたり、天子自ら行商人に変装して、後宮の旅館で乱痴気騒ぎ……。ひどかったな。

朝廷の内情を知った余は、漢王朝の命運がもはや尽きていることを悟った。しかも、ほぼ同時期に、黄巾賊《こうきんぞく》が大反乱を起こしたのだ。太平道《たいへいどう》という宗教の信者となった農民たちが、みな黄色の頭巾をかぶって、漢王朝を倒そうと決起した。

客人 どうして黄色なんですか？ 私ならピンクのベレー帽がいいわ。

曹操 ピンクはいかん！ 黄色は五行説《ごぎょうせつ》に基づく色だ。五行説というのは、この世の万物は、自然も社会も人間も、すべて木《もく》・火《か》・土《ど》・金《ごん》・水《すい》、この五元素の循環によって変化するという思想だ。組合せも決まっていて、例えば、木の色は青、季節は春。金の色は白、季節は秋、といったルールがあるのだ。

客人 なるほど！ 「青春」とか、「(北原) 白秋」も、みな五行説なんですね！

曹操 王朝にも五行が配当され、漢は火の徳に支えられた王朝と信じられていた。火に打ち勝つのは土だ。火では燃えないし、土をかければ火は消える。その「土」の色は黄色。そこで、漢王朝打倒を目指す黄巾賊は、みな黄色い頭巾をかぶったのだ。何十万という黄巾賊の大暴動に、漢の朝廷は驚きうろたえ、それでも官軍を派遣して、鎮圧をこころみた。

振り返れば、この時であった、余が「乱世の英雄」へと転身したのは。黄巾賊討伐で軍功をあげた余は、ある地方の長官に任ぜられ、悪事を働いていた役人どもを罷免《ひめん》し、公平な人事を行った。ところが、それが、朝廷にいる宦官たちの機嫌を損ねてしまった。余は一族の者にわざわいが及ぶのを恐れ、病気を口実に故郷へ帰ったのだ。

客人 さあこれから、という時に？

曹操 当時、余はこう考えたのだ。自分はまだ三十三歳。あと二十年、田舎に引きこもり、天

下の混乱が止むのを待って世に出ても、まだ「老」とはいえない。これからは故郷に読書用の家を構え、秋・夏には読書を、冬・春には狩猟を楽しんで、勝手気ままに過ごしてやろう、とな。だが、乱世はそれを許してくれなかった。官軍の将軍たちは、黄巾賊と戦いながら、次第に漢王朝を見限るようになり、軍閥と化して、互いに勢力争いを始めていた。余は官軍の高官に任ぜられると、国家のために賊を討ち、功を立てよう、征西《せいせい》将軍ぐらいには出世して、墓碑に「漢《かんの》征西将軍曹侯之《の》墓」と刻まれよう、と願うようになったのだ。とはいえ、当時の余の手勢は三千。しかも、あまり大きな勢力になれば、強敵と戦うことになるから、わざわいの元だと考えていた。大それた野望などまったく無かったのだ。ところが、ある州の長官をしていた時に、黄巾賊と戦い、賊兵三十万を降服させて、余の軍勢は一気に膨《ふく》れあがった。根拠地の洛陽に陛下（献帝）をお迎えして、余は群雄たちのなかでも一頭地《いっとうち》を抜いた存在となり、ライバルの袁紹とも対決することになった。

袁紹は、颯爽たる風貌の男でな、度量も広く、彼を慕ってくる者には貴賤《きせん》の別なく平等に接した。そのうえ軍略にも長《た》けていたから、急速に勢力を伸ばし、最大のライバルとなっていたのだ。余は心のうちでは、とてもかなわぬと思っていた。だから、せめてお国のために一身を投げ出し、義のために滅んで、後世に名を遺すことができればそれで十分、と考えたのだ。しかし、幸運にも、官渡《かんと》の戦いで袁紹を破ることができた。

かくして、余は宰相となり、位人臣《くらいじんしん》を極めることとなった。しかし、これは余の本来の望みを超えたものだ。うぬぼれと思うかもしれないが、もしこの漢帝国に余がいなかったら、どれほど多くの者が、勝手に「帝」や「王」を名乗ったことであろう。今、余の勢力が強大なことから、漢の天下を奪うのではないかとビクビク恐れている者があるようだが、余は腹の底から、漢王朝への忠誠を貫くつもりだ。余が、弱をもって強に勝ち、ついに天下を平らげることができたのは、ひとえに、天が漢王朝を助けたからだ。人力によるものではない。世はまだ平和でないから、丞相《じょうしょう》の位を譲るわけにはゆかぬ。だが、拝領した土地は辞退して漢王朝への忠誠を示し、余への非難を和らげたいと思っているのだ。

客人 お話を聞いていると、曹操さんて、なんだか正義の味方のような気がしてきた……。でも結局、漢王朝は滅んだんですよね？

サヨ そうよ。曹操さんの息子の曹丕が、魏という新しい国を建てて、皇帝になったわ。

曹操 そうか！ よかった。安心したぞ。実は余のねらいはそこにあったのだ。余が力ずくで帝位を奪ったのでは、後を継ぐ息子の名誉に傷がつくからな。あくまでも、漢の天子から帝位を譲られた、という形にせねばならぬ。そのためには、お膳立てが必要なのだ。それにしても、どの息子に天下を取らせるか、後継者選びは、本当に頭が痛い。

客人 もしかして、息子さんたち、みんなお馬鹿さん、とか？

曹操 違う！ その逆だ。余には息子が二十五人いた。なかでも曹冲《そうちゅう》は神童であった。ある時、呉の孫権から巨大な白象が贈られてきた。余は家来たちに、象の重さが知りたいと言った。だが

誰も、重さをはかる方法を思いつかなかった。すると、まだ十歳にもなっていない曹冲が、こう言ったのだ。「パパ！　まず象を舟に乗せて、吃水線《きっすいせん》を引くんだよ。象を降ろしたら、同じ吃水線まで石を積み、石の重さを合計したら、象の重さがわかるよ」と。すごいであろう。曹冲は、気だても優しく、人の命をいくつも助けてやるような子であった。だから、余は心中、後継者は曹冲と決めていたのだ。だが、悔しいことに、若くして死んでしまった。余があまりに落胆しているのを見て、長男の曹丕が慰めに来たが、余はこう言った、「冲の死は、余にとっては不幸だが、お前たちにとっては幸いだったぞ」と。

客人　まあ、そうですね、争うライバルが減ったわけですから……。で結局、後継ぎは誰に？

曹操　ダンサーの母が生んだ曹丕と曹植、この二人が、候補者として最後まで残った。余は読書好きで、戦争の途上でも書物を手放さなかったが、二人の息子も文学好きに育ち、特に弟の植には、圧倒的な文才がある。だが、天才芸術家にありがちなように、酒癖が悪く、自由奔放すぎて、ルールを守らない。一方、兄の丕は、万事にそつがなく、体力も強い。八歳の頃から遠征に従軍し、弓も剣も両腕で使いこなす。余は植の天才を愛し、後継者にと考えたこともあったが、どうも皇帝には向かない。ちょうど悩んでいたところだったが、今日は、曹丕が無事魏国の皇帝になったと聞き、余は安心した。礼を言うぞ。これから酒宴だ。失敬！

客人　カッコイイわ。

サヨ　どう、曹操さんに会ってみて？

客人　度量の大きい男……、でも親馬鹿で、人間味もありますよね。ちょっと怖いけど、ピリッとしていて、なんだか唐辛子みたいな人……。私好みです、ウフフ。

サヨ　あら、じゃ唐辛子振ってみる？　このお団子に。

◇―◇―◇

注

※1　皇帝の母方の親族。

※2　去勢された男子。宮廷や後宮などで皇帝の身辺に仕えた。

※3　『世説新語』仮譎篇。

※4　『世説新語』識鑒篇。

※5　『三国志演義』第一回で、曹操は、「身の丈七尺、目細く髯（ほおひげ）の長い」男として登場する。後漢の時代の一尺は二三・〇四センチメートルなので、七尺は約一六一センチメートル。（ちなみに明代の一尺（三二・一〇センチメートル）なら、二二八センチメートル。）

※6　『世説新語』容止篇。

短歌行

対酒当歌、人生幾何
譬如朝露、去日苦多
慨当以慷、憂思難忘
何以解憂、惟有杜康
青青子衿、悠悠我心
但為君故、沈吟至今
……（六行省略）……
月明星稀、烏鵲南飛
繞樹三匝、何枝可依
山不厭高、海不厭深
周公吐哺、天下帰心

短歌行《たんかこう》　　曹操

酒《さけ》に対《たい》しては当《まさ》に歌《うた》うべし、人生《じんせい》は幾何《いくばく》ぞ
譬《たと》えば朝露《あさつゆ》の如《ごと》し、去《さ》る日《ひ》苦《はなは》だ多《おお》し
慨《がい》して当《まさ》に以《もっ》て慷《こう》すべし、憂思《ゆうし》忘《わす》れ難《がた》し
何《なに》を以《もっ》て憂《うれ》いを解《と》かん、惟《た》だ杜康《とこう》有《あ》るのみ
青青《せいせい》たる子《きみ》が衿《えり》、悠悠《ゆうゆう》たる我《わ》が心《こころ》
但《た》だ君《きみ》の為《ため》の故《ゆえ》に、沈吟《ちんぎん》して今《いま》に至《いた》る
……（六行省略　四十六頁参照）……
月明《つきあき》らかに星稀《ほしまれ》に、烏鵲《うじゃく》南《みなみ》に飛《と》ぶ
樹《き》を繞《めぐ》ること三匝《さんそう》、何《いず》れの枝《えだ》にか依《よ》るべき
山《やま》は高《たか》きを厭《いと》わず、海《うみ》は深《ふか》きを厭《いと》わず
周公《しゅうこう》哺《ほ》を吐《は》きて、天下《てんか》心《こころ》を帰《き》す

語釈

短歌行 楽曲（メロディー）による作品名。「短歌」は、「短い歌」。人生の短さのほか、歌声、抑揚、テンポの短さをいうなど、諸説がある。「行」は、うた。

慨当以慷 「当以慷慨（当に以て慷慨《こうがい》すべし）」の句を、押韻等の理由で変形した表現。「慷慨」は、気持ちの高ぶりを表す語。歌声の描写とする説もある。

杜康 酒造りの名人の名。酒の異名。

青青子衿、悠悠我心 『詩経』鄭風《ていふう》「子衿《しきん》」篇の冒頭二句を、そのまま引用したもの。「青衿」は、青い学生服の衿。聖天子の御代である周代の学生が着たので「(天子を補佐する）優秀な若者」を指す。「悠悠」は、思慕の情が長く続くこと。

烏鵲 かささぎ。

三匝 何回も。「三」は実数ではなく、回数が多いことをいう。

山不厭高、海不厭深 『管子《かんし》』形勢解の表現を踏まえ、優れた人材をすべて受け入れる熱意を示す。

周公吐哺 「周公」は、周公旦のこと。周の文王の子で、幼い成帝を補佐して周王朝の基礎を築いた聖人。「吐哺」は、口の中の食べ物を吐き出すこと。周公旦が、一回の食事を三度中断してまで、賢者が来れば待たせず面会したことをいう。

通釈

酒の前では大いに歌え、人生の時は短いぞ。朝露のようにはかなく、過ぎ去りし日はあまりに多い。ああ、高ぶるわが気持ち、忘れ難きこの憂い。どうすれば憂いは消せようか、ただ酒を飲むしかない。青き衿《えり》の優れた若者よ、わが心は長くはるかに君を慕う。君に会いたい、そればかり思い続けてきた。

【…『詩経』にもあるではないか、「ユウユウと鹿は鳴き、友を呼んで野の草を食《は》む。我に良き客人あれば、管弦の調べでもてなそう」と。輝かしい君は、まるで夜空の月のよう。いつになったら、この手にできるのか。深い憂いが湧き起こり、断ち切ることができない。東西南北の道を乗り越え、君よ、どうか来てほしい。久々に会えたなら、杯《さかずき》を交わし談笑して、昔の友情を温めあおう…】

夜空に月は輝き、星影はまばら。烏鵲《かささぎ》が南を指して飛んで行く。だが、樹の周りを何度も巡り、止まるべき枝（頼るべき主君）を探している。山はどこまでも土を受け入れ、拒まないから高くなる。海はどこまでも水を受け入れ、拒まないから深くなる（名君もそれと同じ）。かの周公旦は、食事中でも口の物を吐き出して賢才を出迎え、天下の人々はみな心を寄せたではないか。

解説

「短歌行」は、曹操が宴席などで酒杯をあげ気持ちが高ぶった際に、当時流行のメロディーに乗せて、即興的に歌いあげた作品であろう。小説『三国志演義』（第四八回「長江に宴《うたげ》して曹操詩を賦し……」）では、「赤壁の戦い」前夜に、武器を手にした側近数百人を従えた曹操が、大船上でしたたかに酔って立ち上がり、槊《ほこ》を横たえて歌ったことになっている。もとより虚構《フィクション》にすぎないが、場の雰囲気はよく伝えている。

実際にこの詩が作られた時期は不明だが、詩には「去《さ》る日（過去の日々）苦《はなは》だ多《おお》し」とあり、優れた人材を求める熱意が歌われている。そこから、「短歌行」は、建安十五年（二一〇）に発布された「求賢令《きゅうけんれい》」「述志令《じゅつしれい》」（通称）と同時期の作と見るのが有力な説である。だとすれば、曹操は数えで五十六歳。二年前の「赤壁の戦い」で劉備・孫権の連合軍に敗れ、天下統一の夢は遠のいたが、優れた人材をさらに招致して、捲土重来《けんどちょうらい》を期していた。「求賢令」（陳寿『三国志』巻一、武帝紀）にも、「今、天下尚《な》お未《いま》だ定まらず、此《こ》れ特《とく》に賢（者）を求むるの急時なり」とある。

詩の後半に登場する周公旦は、幼い皇帝（成帝）を補佐して周王朝の基礎を築いたとされる聖人であり、天下の士（国を支える人材）を大切にした。曹操も、その姿勢を見習い、漢の皇帝（献帝）を助けて、天下の人心を一つにまとめたい、と歌うのである。

却東西門行

…（四行省略）…
田中有転蓬
随風遠飄揚
長与故根絶
万歳不相当
奈何此征夫
安得去四方
戎馬不解鞍
鎧甲不離傍
冉冉老将至
何時返故郷

却東西門行《きゃくとうざいもんこう》　曹操

…（四行省略　五十頁参照）…
田中《でんちゅう》に転蓬《てんぽう》有《あ》り
風《かぜ》に随《したが》って遠《とお》く飄揚《ひょうよう》す
長《なが》く故根《ここん》と絶《た》ち
万歳《ばんざい》まで相当《あいあた》らず
奈何《いかん》ぞ　此《こ》の征夫《せいふ》
安《いず》くんぞ四方《しほう》に去《さ》るを得《え》ん
戎馬《じゅうば》　鞍《くら》を解《と》かず
鎧甲《がいこう》　傍《そば》を離《はな》れず
冉冉《ぜんぜん》として老《お》いは将《まさ》に至《いた》らんとす
何《いづ》れの時《とき》か　故郷《こきょう》に返《かえ》らん

神龍藏深泉
猛獣歩高岡
狐死帰首丘
故郷安可忘

神龍《しんりょう》は深《ふか》き泉《いずみ》に藏《かく》れ
猛獣《もうじゅう》は高《たか》き岡《おか》に歩《あゆ》む
狐《きつね》死《し》すに　帰《かえ》らんと丘《おか》に首《むか》う
故郷《こきょう》　安《いずく》んぞ忘《わす》るべけんや

語釈

「却東西門行」　楽曲（メロディー）による作品名。

田　たはた。耕作地。また、単に土地をいう。

転蓬　乾燥地帯で球形に生長する草。アカザ科の二年草。枯れると根が強風に吹きちぎられ、原野を転がってゆく。

飄揚　強風で吹き飛ぶ。風で飛び揚がる。

万歳　一万年。永久に。

征夫　戦うため遠征している将兵。

四方　東西南北の地方。辺境の異郷。

冉冉　徐々に時間が進むさま。知らぬ間に月日が過ぎ去ること。

狐死帰首丘　狐が死ぬ時には、(生まれた巣穴がある)故郷の丘に、首を向けて斃《たお》れる、という言い伝えがあった。

通釈

【…雁《かり》は塞《とりで》の北に生まれ、人もいない場所に棲《す》む。はばたけば万里に飛びたち、行くも止まるも列を成す。冬には南国の稲を食べ、春にはまた北に飛びたつ…】

（ところが）田野《でんや》を転がる蓬草《ほうそう》は、遠く風に吹き飛ばされ、もとの根からはるかに別れると、もはや永久《とわ》に出合うことはない。（だから）戦《いくさ》に向かうこの士卒《もののふ》たちとて、どうして故郷を離れ、四方に遠征など、行きたいものか。

軍馬は鞍を着けたまま、鎧甲《よろいかぶと》は身を離れず。いたずらに時は流れ、老いが忍び寄る。いつになれば故郷に帰れるのか（みなそう思っているのだ）。

神々《こうごう》しい龍は、深き泉に身をひそめ、猛々《たけだけ》しい虎は、高き岡を歩き（各々自分にふさわしい場所にすむ）。狐すら、死ぬとその首を故郷の丘に向けて帰ろうとする、というではないか。我らが故郷を、どうして忘れることなどできようぞ。

解説

この詩には、戦争で遠地に駆り出される兵士たちの、やみがたい望郷の念が歌われている。それは、兵士の思いであるのみならず、彼らを率いる将軍、曹操自身の思いでもあった。戦争は、戦闘の場だけでなく、行軍そのものが命がけである。例えば、建安十二年（二〇七）に、曹操は異民族の烏桓《うがん》を攻めたが、慣れない北地での戦いは苛酷を極めた。時には二百里（約八十七キロメートル）進んでも水はなく、凍《い》てつく大地を三十余丈（七〜八メートル）掘ってようやく水を得たり、食糧も乏しく、軍馬数千頭を殺して食糧とすることもあった。そうした苦境のなかで、夥《おびただ》しい数の兵士が命を落としたのである。

この詩を読むと、曹操という人間が、そうした兵士の苦しみや悲しみに共感し、同情を禁じ得ないタイプのリーダーであったことがわかる。そうした、人々に共感・共苦し得る、繊細な精神の持ち主であったことが、曹操を詩人たらしめた、と見てよいであろう。「蒿里行《こうりこう》」という詩でも、彼はこう歌っている。「（兵士の）鎧甲にはしらみがわき、何万という民が死んだ。白骨は野辺《のべ》にさらされ、千里のかなたまで人影は見えない。生きのびた者は百人に一人、この現実に、わが腸《はらわた》は断ち切れそうだ」。こうした「繊細な精神」は、時に姿を変え、「この悲惨な現状を一刻も早く打開し、平和な世を実現せねばならぬ」という「強烈な意志」となって現れ出る場合もあった。有名な「老驥は櫪（飼い葉桶）に伏すも、志は千里に在り。烈士暮年、壮心已まず」（「歩出南門行《ほしゅつなんもんこう》」）の詩句は、その典型例であろう。こうした情熱や不屈の意志は、おそらく乱世を生き抜くリーダーに不可欠な条件なのであって、曹操が、命がけの遠征の最中にも兵士たちを統率し得た、その理由の一端もここにあったと考えてよいはずである。

諸田センセイからの一言

曹操といえば「三国志の悪玉」というイメージが強いですね。これは、明代初期（十四世紀後半）の小説『三国志演義』によって定着したイメージです。しかし、曹操の実像を知るには、正式な歴史書である陳寿の『三国志』（三世紀末）に基づく必要があります。今回の「曹操」のイメージは、彼が建安十五年（二一〇）に発布した「述志令」から骨格を作り、五世紀前半の『世説新語《せせつしんご》』（名士のエピソード集）等によって肉付けしたもの。「述志令」は、正史『三国志』にも引用されている、貴重な歴史資料です。

「すべて偉大な事業は、情熱なくしては成し遂げられない」といいます。曹操もたいへんな情熱家でしたが、反面、計算は冷静、というか、冷酷とすらいえる一面もありました。例えば、『世説新語』（仮譎《かけつ》篇）にこんな話があります。「曹操は日頃から『余が眠っている時に勝手に近寄るな。無意識のうちに斬ってしまうから、気をつけろ』と言っていた。ある時、曹操が眠ったふりをしていると、側近が布団を掛けに来てくれた。曹操は、その側近をたちまち斬り殺したので、これ以後、眠っている彼に近づく者はいなくなった」と。ここには、曹操の計算と、側近すら信用しきれない孤独で冷酷な一面が示されています。曹操はおそらく、計算と情熱の両極を備えた「頭寒心熱の人」でした。その振幅の大きさが、英雄の存在感となって表れ出ていたのかもしれません。

陶淵明

Touenmei

365年〜427年

六朝《りくちょう》時代の東晋の詩人。名は、潜《せん》。淵明は字（一説に、名は淵明、字は元《げん》亮《りょう》）。官職に就いたが束縛を嫌って辞任し、「帰《き》去来兮《きょらい》の辞《じ》」を作って郷里に帰った。生来自然を愛し、帰郷後は農耕にいそしむ田園生活を送りながら優れた詩を遺《のこ》した。散文では「桃花源記《とうかげんき》」や「五柳《ごりゅう》先生伝」が有名。

「脱サラして田舎に移住した息子が心配です。」

60代・主婦

五月雨《さみだれ》の季節になりました。駅には紫陽花《あじさい》が咲き始め、梅の実も熟しています。おや、駅舎の厨房から、美味しそうな匂いが……。どうやら、サヨばあちゃん、今日は魚を焼いておもてなしのようです。

客人　いい匂いですね。

サヨ　鮎が解禁になったから、持ってきてくれた人がいてね。

客人　都会の料亭で食べたら高いですよ！

サヨ　ここのお昼は、どれだけ食べてもワンコイン、五百円よ。

客人　五百円で食べ放題なんですか！　田舎暮らしって、やっぱりいいですね。息子が移住したのも無理ないか……。

サヨ　息子さん、どこに移住を？

客人　四国の田舎に……。東京の大手企業で働いていたんですけど、営業に異動になって。人付き合いが苦手なので、もう我慢できないって、やめちゃったんです。家族もいるのに……。

サヨ　じゃ、今はどんな暮らしを？
客人　古民家を借りて住んでるんです。畑つきの家だから、採れた物で食事には困らないし、自然のなかで遊ぶのが大好きな子でしたから、性に合うみたい。でもまあ、フリーターですよ。いい会社に入ったのに、がっかりだわ。
サヨ　息子さん、なんだか陶淵明《とうえんめい》みたいね。
客人　トウエンメイ？
サヨ　そう。中国の詩人なの。聞いたことない？「帰りなん、いざ！　田園まさに蕪《あ》れなんとす、胡《なん》ぞ帰らざる」（『帰去来兮《ききょらい》の辞《じ》』の冒頭部）って。役人だったのに、仕事がイヤになってね。田舎に帰り、畑を耕して暮らしたの。
客人　あら、息子と一緒だわ。いつの時代の人ですか？
サヨ　陶淵明は、四世紀後半の人よ。東晋《とうしん》という国に生まれたの。日本列島は古墳文化の時代。仁徳《にんとく》天皇やその息子・孫たち（倭《わ》の五王）が活躍していた頃ね。
　三世紀以降、中国では魏《ぎ》・呉《ご》・蜀《しょく》の三国が覇権を争い、曹操《そうそう》（武帝）の魏が最も有力だったわ。だけど、息子の曹丕《そうひ》（文帝）が亡くなると、臣下の司馬氏が王権を奪い、晋という国を建てたの（西晋）。ところがその後、遊牧民族が、晋の都・洛陽や長安を占領して、北方は、五胡十六国《ごこじゅうろくこく》と呼ばれる異民族の王朝が乱立する状態になった。戦乱を避けて南方に逃れた晋の皇族たちは、建《けん》康《こう》（南京）を都として、晋王朝を復興したわけ（東晋）。この頃南方へ逃れた避難民の一部は、日本列島にも渡って、渡来人《とらいじん》と呼ばれているわね。避難民のなかには優れたリーダーもいて、やがて彼らを中心に集団が形成され、リーダーたちは、豪族となり貴族となって、東晋の国内でも、絶大な勢力を持つようになったの。そんな貴族文化花盛りの時代に、淵明さんは生まれたのよ。

客人　へぇー、どんな人だったのか、もっとお話を聞きたくなったわ。

サヨ　じゃ、呼んでみましょう。酔っぱらってないといいんだけど……。

陶淵明　おや、サヨさんから電話じゃ。どうした？　いい心持ちで筆を執っていたのに……。

サヨ　やっぱり、ほろ酔い気分ね。何を書いていたの？

陶淵明　葬式で読み上げる文章じゃよ。

サヨ　誰のお葬式？

陶淵明　ワシの葬式。

客人　え！　今流行《はや》りの生前葬ですか？　終活ですね？

陶淵明　ワシも数えで六十三歳。そろそろ寿命も尽きそうじゃ。久しぶりに酒も手に入ったし、今のうちに、葬式用の祭文《さいぶん》（※1）を書いておこうと思ってな。自分の人生のことは、自分が一番よくわかっておろう？

客人　淵明さんがどんな人生だったのか、ぜひ聞かせてください！

陶淵明 では、話してやろう。その前に、酒をもう一口……、美味《うま》いなア。

ワシはな、こう見えて名門の生まれなんじゃ。父方の曾祖父《ひいじいさん》は、戦争で大手柄を立てた晋国の大将軍。祖父《じいさん》も大きな街の市長職に就いたが、父の代にはすっかり落ちぶれていた。

母方の祖父は、ワシの憧れの人じゃった。母もよく祖父のことを話してくれた。祖父は、温和で口数も少なかったが、権力者の前でも正論を譲らず、通すべき筋は必ず通す人だった。自慢めいたことは口にせず、度量も広かったから、若者にも敬愛されたそうじゃ。ふだん何か心に悟ることがあると、俗事は振り捨てて山に登り、景色を眺めながら存分に酒を飲んで、夕方になってやっと帰ってくる。酒は大好きだが、決して乱れることはなかった。母が語ってくれる、そんな祖父の姿にワシは憧れ、自分もそうなりたいと、強く願ったものさ（※2）。

客人 幼い頃に憧れたものって、案外、その後の人生を左右するのかも。

陶淵明 ワシが幼い頃はな、弁当箱も水筒もしばしば空っぽ、夏シャツを冬にも着る、という貧しい生活だった。だが、谷間に水を汲《く》みに行くのも苦にならず、楽しく歌いながら、薪《まき》を背負って歩いたものじゃ。『論語』にも言うではないか、「粗末な食べ物で水を飲み、肘《ひじ》を枕にして眠る。そんな生活のなかにも楽しさはある。不正な手段で手に入れた富や地位など、私にとっては浮き雲のようなものだ」とな（※3）。出世や蓄財が人生の目的になってしまうと、そのためならどんな不正な手段も使う、そんな人間が、うじゃうじゃ現れる。ワシが幼い頃、世の中の富、財貨の大半は、北方から移住してきた貴族が握っておった。貴族というのは、贅沢自慢が趣味のようなも

のでな。人乳で育てた豚肉を喜んだり、珊瑚《さんご》樹の大きさを競い合ったりして（※4）、その財力は皇帝も敵《かな》わぬほどであった。

客人　エッ、そんなことしたんですか!?

陶淵明　悪趣味であろう？　だが、政治も文化も、みな貴族を中心に回っていたんじゃ。

客人　今でも同じですよ。世の中は結局、マネーの流れる方向へ動くものですから。息子は違う方向に行っちゃったけど……。

陶淵明　ワシはな、若い頃から自然のなかで閑《しず》かに過ごすのが大好きだった。こんもりとした木陰で、四季折々の小鳥がさえずるのを見聞きしていると、心から嬉しくなる。書物を開いて、まさにその通り！　と思う文章に出会うと、食事のことも忘れて読みふける。七絃の琴をつま弾くのも大好きだった。夏の頃、北の窓辺で横になり、涼しい風に吹かれていると、自分がまるで太古の人になったような気がしたものだ（※5）。むろん、晴れた日には畑仕事だ。草を刈り、土をかけて、春も秋も次々に、きりがない。だが、手をかけてやれば作物は育ってくれる。だから、働く時には力を余さず精一杯働く、そんな若者じゃった。

しかし、戦乱と天災が重なり、やがて畑仕事だけでは暮らしてゆけなくなった。二十歳で結婚し子宝にも恵まれたが、家族は貧乏に苦しみ、生活が成り立たない。親戚や友人もみな「役人になれ、そしたら酒も飲めるぞ」と勧める。それで仕方なく、西に東に職を求めて奔走したんじゃ。

客人　あら、お酒につられちゃったんだ。

陶淵明　このころ晋の王室はまったく衰え、世の中は次第に貴族中心から軍人中心へと変わりつつあった。その代表格が二人の将軍、桓玄《かんげん》と劉裕《りゅうゆう》じゃ。ワシは三十五歳から桓玄に仕えたが、三十七歳で母が亡くなり、三年間、喪に服するため郷里に帰った。この間に桓玄は、晋の皇帝を幽閉して楚という国を建てた。しかし、劉裕が桓玄を打ち破ってくれたので、ワシは喪が明けると劉裕にも仕えた。だがな、そんなサラリーマン生活から痛感したのは、自分がいかに、世間とうまく調子を合わせてやっていくことができない、世渡り下手の頑固者か、という事実であった（※6）。世間とワシとは価値観が違ったんじゃ。サラリーマン暮らしでわかったのは、たかだか百年の人生に人々がどこまでも執着し、何も成し遂げないまま一生を終わるのではないかと恐れている、ということ。寸暇《すんか》を惜しんで仕事に励み、生きている時には世間から褒められ、死んでからも長く人に慕われたいと、みなが願っている、ということじゃ。しかし、ワシは違う生き方をしたいと思った。手柄を立てて人にもてはやされ、高く評価されることが、本当の意味で自分の栄光だとは思えなかった。だから、出張先で夜遅くなった時など、よくこんな歌を歌ったな。

♪任務を思うと夜も眠れない。真夜中の一人旅。出世なんてどうでもよい。心ひかれるのは畑仕事。役人やめて故郷に帰り、金にも地位にも縛られない。あばら家に住み、自分らしい生き方をして、「これで善《よ》い、わが人生は」そう言って死にたいもんだ♪（※7）

客人　脱サラに憧れたんですね。でも、よく決心できましたね、故郷に帰ることを。

陶淵明　二つ、きっかけがあってな。ワシは当時、郷里近くの彭沢《ほうたく》県で長官をしていた。役所の

公田で粳米《うるちまい》を栽培し、それで自分用の酒をつくってもよい、という約束だったから引き受けたんじゃ。ところが、その年の終わりに、県の役人たちがこう言った。「こんど上級官庁から監督官様が巡視に来られますから、失礼のないように、スーツにネクタイでお出迎えください」と（※8）。聞けばその監督官というのは、わが田舎でビービー泣いていたドラ息子ではないか。そんな時に、もう一つ、悲しい知らせが届いたんじゃ。三つ下の妹が亡くなったという知らせだ。それを聞いてワシは、居ても立ってもいられなくなった。一刻も早く妹の葬式に駆けつけたくて、即座に役人をやめて帰郷したんじゃ（※9）。

客人　あら、監督官のお出迎えは？

陶淵明　役人たちもそう言うので、ワシはこう啖呵《たんか》を切った、「安月給のために、田舎の若造にペコペコ頭を下げられるか！」（※10）。その時に歌ったのが『帰去来兮の辞』じゃ。

♪さあ帰ろう！　故郷の田園が荒れ果ててしまいそうなのに、どうして帰らずにおられようか。これまでは生活のために、精神を肉体の奴隷としてきた。それを今さら嘆き悲しんでも仕方ない。過去のことは変えられないが、未来のことはまだ間に合う。人生の進路を誤ったが、まだ遠くへは来ていない。役人をやめた今こそが正しく、昨日までの生き方は間違っていた、やっとそれを悟ったのだ……♪

最愛の人の死は、人生を根底から揺り動かすものじゃ。妹はワシにとって自分の半身のような存在だった。母は違ったが、二人の親密さは普通の百倍千倍どころではなかった。妹の生母が亡

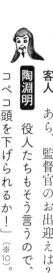

くなった時、ワシは十二、妹は九歳だったが、幼い頃から二人はいつも互いに頭髪を撫で合い、助け合ってきた。妹はまことに優れた美徳と節操をそなえた女性でな、物静かで言葉数は少なかったが、善いことを聞くと心から楽しそう。端正で温和、兄弟に優しく、親孝行で、人の模範となるような女性であった（※11）。だから、妹が死んだという知らせに、ワシはまるで自分の半身が死んだような衝撃を受けた。と同時に、本心を詐《いつわ》って役人生活を続けることが、いかに間違った生き方であるか、痛切に悟ったのだ。まさに妹の死が、ワシに帰郷を決心させてくれたんじゃ。

客人　そうでしたか。特別な存在だったんですね。妹に恋した宮沢賢治みたい（※12）。

陶淵明　故郷のわが家が見えた時には、あまりの嬉しさに思わず駆け出した。召使いや幼い子供たちが嬉しそうに出迎えてくれたし、妻も樽酒を用意してくれていた。さっそく手酌で酒を飲みながら、庭の木々を眺めていると、自然と顔がほころんでくる。ああ、やっぱりわが家が一番だ。身も心もゆったり落ち着く……（※13）。

その後、ワシは門を閉じて、俗世間との交渉をすっかり絶ってしまった。世間とワシとは、そりが合わないのだ。「生まれたからには大志を抱き、グローバルに世界で活躍せよ」と世間では言う。だが実際には、欲望に駆り立てられ、虚名に引きずられたまま一生を終えるのが関の山だ。ワシの願いは違う。いつも若い気持ちで、親戚と一緒に暮らし、子孫もみな健やか。朝から杯や楽器を並べ、樽にはいつも酒があり、帯をゆるめて楽しみを尽くす。夜はさっさと寝て、朝はゆっくり寝坊する（※14）。こんな一生のほうがずっといいと、ワシは思うんじゃよ。

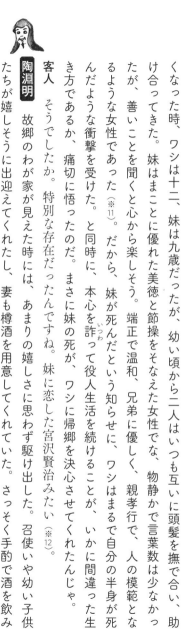

客人　グローバルは現代でも合言葉ですよ。でも、淵明さんはアット・ホームな生き方に憧れたんですね。辛いことや嫌なことは、なかったんですか？

陶淵明　それは、色々あったさ。苦労して育てた作物が、照りや長雨ですっかりダメになったり。火事で家が焼けたり。熱病（マラリア）に罹《かか》ったり……。子育てにも苦労したな。ワシには息子が五人おるが、そろって勉強嫌い。ある時「子《こ》を責《せ》む（息子を叱る）」という詩を作って、こう歌ったこともあった。

♪長男の舒《じょ》坊は十六歳なのに、無類の怠け者。次男の宣《せん》坊は志学《しがく》（十五歳）になるのに、学問や文章は大嫌い。その下の雍《よう》と端《たん》は十三歳だが、六と七との区別もつかぬ。末っ子の通《とう》も九歳になろうというのに、梨と栗とをねだるばかり。だが、これも運命ならば仕方ない。まあ、酒でも飲んで、よしとしよう♪

客人　悲惨だわ……。でも、お子さんたちのことを愛していたんですね。

陶淵明　そうじゃ。本当にやりたいことをやって、生き生きと暮らしてくれたら、それでよい。人にはそれぞれ、天命として与えられた自然の本性があるからな。その本性、個性を存分に楽しみながら生き、死ぬべき時が来たら死ぬ。それがワシの理想なんじゃよ。では、続きを書くから、失敬するぞ。

サヨ　どうだった？　淵明さんに会ってみて。

客人　考え方が少し変わったわ。子供が生き生きと暮らせること、それを願うことが一番大切なんだと、教えてもらった気がする……。それにわたし、この鮎をつまみに、お酒を飲みたくなっちゃった！

注

※1　「自祭文」。

※2　「晋の故征西大将軍の長史　孟府君の伝」。

※3　『論語』述而篇に「子曰く、疏食を飯い水を飲み、肱を曲げて之を枕とす。楽しみ亦た其の中に在り。不義にして富み且つ貴きは、我に於て浮雲の如し」と。

※4　『世説新語』汰侈篇。

※5・6　「子の儼等に与うる疏」。

※7　「辛丑の歳七月、赴仮して江陵に還り、夜塗口を行きて」詩。

※8　蕭統「陶淵明伝」。

※9　「帰去来兮辞」序文。

※10　蕭統「陶淵明伝」。訓読文では「我豈に能く五斗米の為に腰を折りて郷里の小児に向わんや」。

※11　「程氏の妹を祭る文」。

※12　宮沢賢治は、二十四歳で夭折した妹トシに、通常の肉親愛を超えた（宗教的ともいえる）深い愛情を抱いていた。妹の死を悼んだ詩「永訣の朝」（『春と修羅』）は、教科書にも採られて特に有名である。

※13　「帰去来兮辞」。

※14　「雑詩」其の四。

帰園田居　其一

少無適俗韻、性本愛丘山
誤落塵網中、一去十三年
羈鳥恋旧林、池魚思故淵
開荒南野際、守拙帰園田
方宅十余畝、草屋八九間
楡柳蔭後簷、桃李羅堂前
曖曖遠人村、依依墟里煙
狗吠深巷中、鶏鳴桑樹巓
戸庭無塵雑、虚室有余閑
久在樊籠裏、復得返自然

園田《えんでん》の居《きょ》に帰《かえ》る　其《そ》の一《いち》

陶淵明

少《わか》きより俗《ぞく》に適《かな》うの韻《いん》無《な》く、性《せい》本《もと》丘山《きゅうざん》を愛《あい》す
誤《あやま》って塵網《じんもう》の中《うち》に落《お》ち、一《ひと》たび去《さ》って十三年《じゅうさん》
羈鳥《きちょう》は旧林《きゅうりん》を恋《こ》い、池魚《ちぎょ》は故淵《こえん》を思《おも》う
荒《こう》を南野《なんや》の際《さい》に開《ひら》かんと、拙《せつ》を守《まも》って園田《えんでん》に帰《かえ》る
方宅《ほうたく》は十余畝《じゅうよほ》、草屋《そうおく》は八九間《はっくけん》
楡柳《ゆりゅう》　後簷《こうえん》を蔭《おお》い、桃李《とうり》　堂前《どうぜん》に羅《つら》なる
曖曖《あいあい》たり　遠人《えんじん》の村《むら》、依依《いい》たり　墟里《きょり》の煙《けむり》
狗《いぬ》は吠《ほ》ゆ　深巷《しんこう》の中《うち》、鶏《にわとり》は鳴《な》く　桑樹《そうじゅ》の巓《いただき》
戸庭《こてい》に塵雑《じんざつ》無《な》く、虚室《きょしつ》に余閑《よかん》有《あ》り
久《ひさ》しく樊籠《はんろう》の裏《うち》に在《あ》りしも、復《ま》た自然《しぜん》に返《かえ》るを得《え》たり

語釈

十三年　「三十年」とする本もある。
羈鳥　つながれた鳥。籠の中の鳥。
開荒　荒れ地を開墾する。
守拙　世渡り下手な本来の性質を守り通す。

十余畝　当時の一畝は、約五アール。
曖曖　うす暗い。ぼんやりかすむ。
余閑　十分な余暇と静けさ。
樊籠　鳥かご。窮屈な役人生活をいう。

通釈

若い頃から世間とうまく調和できず、生まれつき山や丘の自然が大好きだった。ふと間違って世俗の網のなかに落ち、郷里を離れて十三年が過ぎた。かごの鳥はもといた林を恋い、池の魚はもといた淵《ふち》を思うもの。同じように私も、南の野原で荒れ地を開き、世渡り下手な生き方を貫こうと、故郷の田園に帰ってきた。

宅地の広さは十畝《じゅっぽ》あまり、草ぶきの家に部屋が八、九室。楡《にれ》と柳が、家の後ろのひさしを蔽《おお》い、桃と李《すもも》が、広間の前庭に並んで植わっている。ぼんやりと見える遠くの村には、ゆらゆらと炊事の煙が立ちのぼり、この村では、奥まった路地で犬が吠え、桑の樹《き》のてっぺんで鶏が鳴いている。わが家の庭先には、汚《けが》れた俗事（の訪れ）はなく、さっぱりと片づいた部屋では、ゆったりと閑かな時が流れる。
ああ、長く（役人となり）鳥かごのなかに閉じ込められてきたが、またこの自然のなかに帰ってこられたのだ。

解説

陶淵明は、義熙《ぎき》元年（四〇五）の冬十一月、彭沢（江西省）の県令（県の長官）を辞めて、郷里に帰った。この際に書いたのが「帰去来兮の辞」であったが、この「園田の居に帰る」詩は、その翌年、義熙二年（四〇六）に詠まれた五首の連作詩である。時に淵明は、数えで四十二歳。太元一八年（三九三）に、二十九歳で初めて仕官して以来、早くも「十三年」が経過していた。この十三年間は、それ以前、貧しいながらも郷里の自然のなかで自由を謳歌していた淵明にとって、「塵網《じんもう》」にからめとられ、「樊籠《はんろう》」に閉じ込められた「苦渋の十三年」であった。それだけにこの詩には、不自由な役人生活から解放され、再びふるさとの自然のなかに復帰できた、深い喜びと安堵の思いが満ちあふれている。

ところで、この詩を解釈するうえで重要な点は、最終句で淵明が「復た自然に返るを得たり」と述べる時、その「自然」とは、単に山や丘など「外界の自然」のみを指しているのではない、という点である。例えば、前年に書いた「帰去来兮の辞」の序文でも、帰郷を決意した理由をこう述べていた。「私は生来、飾らない自然な性質で、無理やり自分を曲げて世間に合わせる、ということができない。どんなに餓え凍《こご》えようとも、自分の本性に背いた暮らしでは、あれこれ心が病んでしまうのだ」。原文では「質性自然にして、矯励《きょうれい》の得《う》る所に非ず。飢凍切《きとうせつ》なりと雖《いえど》も、己《おの》れに違《たが》えば交々《こもごも》病《や》む」。仮に当時、現代風の適性検査があったとすれば、淵明などは間違いなく「会社組織や管理社会のなかでは生きていけないタイプ」と判定されたことであろう。

ともかく「帰去来兮の辞」の序文にいう「質性自然」とは、「淵明の性質としての自然さ」のことであり、さらには「淵明の内面に宿る自然」つまり「内なる自然」をも指し示す言葉なのである。英語の〝Nature〟も同じだが、「自然」の語には元来、人間の「内なる自然（本性、天性、性質）」という含意がある。この詩の最終句で淵明が「復た自然に返るを得たり」と述べる時、そこには、自分の「内なる自然（本性）」にぴたりとかなう「園田の自然（環境）」のなかに再び帰ることができたという、二重の意味での「自然」が表現されている。それは、人間の内なる自然と外界の自然環境とが美しく響き合う、理想的な調和《ハーモニー》の表現でもあろう。

人間も、他の動物や植物と同じく、自然から生命《いのち》を贈られた被造物の一つにすぎない。「置かれた場所で咲きなさい」という言葉もあるが、でき得るならば、自らに贈られた本性が最も生き生きと開花し得る場所に、自分を置くことが理想であろう。それは現代を生きる我々にとっても、人生を充実させる大切な条件ではないだろうか。

挽歌詩　其一

有生必有死
早終非命促
昨暮同為人
今旦在鬼録
魂気散何之
枯形寄空木
嬌児索父啼
良友撫我哭
得失不復知
是非安能覚
千秋万歳後

挽歌詩《ばんかし》　其《そ》の一《いち》

陶淵明

生有《せいあ》れば必《かなら》ず死有《しあ》り
早《はや》く終《お》うるも　命《いのち》の促《ちぢ》むには非《あら》ず
昨暮《さくぼ》には　同《おな》じく人為《ひとた》りしに
今旦《こんたん》には　鬼録《きろく》に在《あ》り
魂気《こんき》　散《さん》じて何《いず》くにか之《ゆ》く
枯形《こけい》　空木《くうぼく》に寄《よ》す
嬌児《きょうじ》は父《ちち》を索《もと》めて啼《な》き
良友《りょうゆう》は我《われ》を撫《な》でて哭《こく》す
得失《とくしつ》　復《ま》た知《し》らず
是非《ぜひ》　安《いず》くんぞ能《よ》く覚《さと》らんや
千秋《せんしゅう》　万歳《ばんざい》の後《のち》

誰知栄与辱
但恨在世時
飲酒不得足

誰《たれ》か栄《えい》と辱《じょく》とを知《し》らん
但《ただ》恨《うら》む　世《よ》に在《あ》りし時《とき》
酒《さけ》を飲《の》むこと　足《た》るを得《え》ざりしを

語釈

早終　早死に。若死に。
命促　与えられた寿命が、せき立てられて急に短くなる。
鬼録　死者の名簿。「鬼」は、死者の魂。

枯形　枯れ果てた肉体。
空木　棺桶。

通釈

生あるものには必ず死がある。早く（一生を）終えたとしても寿命が急に短くなったわけではない。昨晩まで（私は）みんなと同じように生きていたのに、今朝にはもう死者の名簿に名が載っている。（わが）魂は体を離れてどこへ行ってしまったのか、亡骸《なきがら》だけが棺桶に入れられる。愛しいわが児《こ》は父を求めて泣き、よき友は私を撫でて号泣する。（わが人生が）成功か失敗かわからないし、正しかったか間違っていたかなど、どうして判断できようか。ましてや千年万年の後には、(私の人生の)栄誉と恥辱のことなど、誰一人知りはしない。ただ一つ残念なのは、生きていた時、酒を十分に飲めなかったことだ。

解説

「挽歌詩」とは、葬儀の際に、棺桶を載せた車を挽《ひ》く者が歌う歌のこと。この詩は、陶淵明が自分の葬儀を想像しながら詠んだ虚構の作品であり、三首連作中の第一首(其の一)。詩題を「擬挽歌詩」とする本もある。「擬」は、まねる、の意。

この詩の制作時期は不明だが、詩中に「嬌児《きょうじ》(幼い愛児)は父を索《もと》めて啼《な》き」とあることから、最晩年に作ったものではない、と見るのが一般的である。淵明が生きた晋代には、墓場に植えるべき松や柏の木を書斎の庭に植えたり、挽歌を作って街中を歌って歩いたりする名士もいた。ただし逸話部分でも触れたように、陶淵明は生前、挽歌詩のみならず、自分自身の霊を祭《まつ》る「自らを祭る文」も作っており、生死の問題は、淵明にとって、時代の流行や風習の次元を越えて重要なテーマであった。

淵明の「挽歌詩」三首は、それぞれ納棺・葬送・埋葬の様子を詠っているが、このうち埋葬の場面を歌う「其の三」は、その最後を次のように結んでいる。「さきほどまで私の野辺送りに来てくれていた人々は、それぞれ自分の家に帰っていった。親戚の者はまだ悲しみを残しているかもしれないが、他人はもう鼻歌を歌っている。死んでしまえばもうそれっきり、この身を山に埋《うず》めて土に帰るだけ」。現代でも、よほどの肉親でないかぎり、葬式の風景は大概こんなものではあるまいか。淵明の表現は、とても現実味《リアリティー》に富んでいる。

ところで、淵明はなぜこれほど生死の問題に拘《こだわ》ったのか。それはおそらく、淵明にとって「自分の死を思うこと」は、「自分の人生を充実させようとする決意」と表裏一体の関係にあったからである。自分の死を思って恐れを抱かない人間は、まずいないだろう。だが、死と向き合う態度は人それぞれである。「死のことなどは忘れて、生きることに邁進《まいしん》すればよい」という考え方もあれば、「死を常に見つめ続けることによって、生きている今を充実させよう」という考え方もある。淵明は明らかに、後者のタイプの人間であった。例えば、知人の墓場の木の下で、宴会を開いた際の詩「諸人《しょじん》と共に周家《しゅうけ》の墓の柏の下に遊ぶ」でも次のように歌っている。「今日はよいお天気だ。笛を吹き琴を弾いて楽しもう。（みな最後は）この柏の木の下に眠っている人のようになる。だから、どうして楽しまずにおられようか」。すなわち、淵明にとって「死を見つめること」は「生を充実させること」と同義であった。彼が生前に「挽歌詩」を詠んだのも、人一倍、生の充実を強く求めた人であったからなのである。

諸田センセイからの一言

陶淵明は日本でも人気のある詩人ですが、一般的には「役人を辞めて故郷に帰り、フリーターのように、飲酒と気ままな農耕暮らしを楽しんだ田園詩人」というイメージが強いかもしれません。しかし、実際の淵明さんは、自分の本心に忠実な、きわめて意志の強い人でした。彼は常に、自分の心の声に真剣に耳を傾け、自分に贈られた天与の個性（内なる自然）を、何よりも大切なものとして、守り抜こうとした詩人だったのです。

そうした「わがまま」な生き方を可能にしたのは、淵明が常に「死と向き合うこと」を習慣とした人だったからでしょう。死を意識した時、自分にとって真に大切なことも見えてくる、といいますね。「哲学とは、死の練習である」と、ソクラテスも述べています。だとすれば、生前から「挽歌詩」や「自祭文」を書いていた淵明は、まさに「死の練習」の達人であり、哲学者であったと言えるのではないでしょうか。

近代の文豪・魯迅《ろじん》は「陶潜は……『死』を忘れることもできませんでした。かれの詩や文には、しょっちゅう死のことがあつかわれております。もしちがった角度から研究すれば、旧説とはちがう人物像になるかもしれません」と指摘しています（「魏晋の気風および文章と薬および酒の関係」『魯迅評論集』）。しかし、より正確には、淵明は「死を忘れることができなかった」のではなく、「常に死を忘れないよう努めた」詩人でした。その意味で、魯迅が引用文の後半で示した予見は、まことに鋭い洞察であったわけです。

李白

Rihaku

701年〜762年

盛唐の詩人。字は太白《たいはく》。西域で生まれ、若い頃は蜀（四川省）の青蓮郷《せいれんきょう》を中心に活動した。その後中国各地を放浪。四十歳を過ぎてから一時期長安で玄宗に仕えたが、それ以外は放浪の一生を送った。好んで酒・月・山・女性を詠じ、自由奔放で豪快、道教的幻想性に富む作風から、「詩仙」と称された。

「夢を叶える近道は？」

30代・ミュージシャン

夏の日差しがギラギラ照りつける季節になりました。サヨばあちゃんは駅舎の周りに打ち水をして、となりの畑から枝豆を収穫しているようです。

客人　こんにちは。

サヨ　ワッッ！

客人　大丈夫っすか？

サヨ　ごめんなさい。お兄さんの恰好があんまり派手なんで、ビックリしちゃって……。

客人　僕ね、ミュージシャンなんですよ。それに見た目が日本人離れしているから、よくビックリされるんです。父が外国人なので。気にしないでください。美味しそうですね、その枝豆。

サヨ　ビールが冷えてるから、おつまみに茹《ゆ》でてあげるわね。

客人　ヤッター！

サヨ　ところで、今日は一人なの？

客人　はい。フラッと旅に出たくなって……。最近周りから言われるんです、お前も三十過ぎたんだから、いつまでも夢を追っかけていないで、安定した職業に就けって。
サヨ　あなたの夢って何？
客人　メジャーになって武道館で単独ライブをやること。できたらグローバルに売れたいんです。
サヨ　結婚は？
客人　まだですけど、彼女はいます。いつも応援してくれているんですけど、なんだか申し訳なくて……。
サヨ　あなた、どうやら李白《りはく》さんに似ているわね。
客人　エ？　李白って、あの中国の？
サヨ　そうよ、詩人の李白。彼も異民族の血を引いていて、普通の中国人（漢民族）とは見た目からして違っていたの。眸《ひとみ》がギラギラ輝いてね、飢えた虎のように大きな口をしていたそうよ。
客人　コンプレックスはなかったんですかね？
サヨ　どうかしら。李白は西域（シルクロード）で生まれ、五歳で蜀（四川省）に移住してきた移民の子なの。当時、出世して高級官僚になろうと思ったら、科挙《かきょ》という試験に合格する必要があったのね。だけど、彼は異民族で、お父さんは商人だったから、受験資格すらもらえなかった。でもプライドは高いから、自分ではある王族の子孫（梁《りょう》の武昭王の九代の孫）と言っていたらしいわ。剣術が好きで、二十歳の頃を振り返った詩（「従兄《じゅうけい》の襄陽《じょうよう》の少府《しょうふ》皓《こう》に贈《おく》る」）に、「身《み》を白刃《はくじん》の裏《うち》に託《たく》し、人《ひと》を紅塵《こうじん》の中《うち》に殺《ころ》す」と書いているから、任侠《やくざ》なことも随分したようね。人に物を施すのが大好きで、道教の神秘的な世界に強い憧れがあったみたい。だから一見、美しい山水のなかで、道士たちと酒を酌《く》み交わしながら自由に暮らしたい、そんなタイプに見えるんだけど、グローバルに羽ばたきたいという願望も強かったんでしょう。二十五歳で蜀を出て、中国各地を遍歴したの。そして遂に四十二歳の時、玄宗皇帝に気に入られて、宮廷詩人として中国全土に名を轟《とどろ》かせた。……どう、会ってみたい？　李白さんに。

客人　エッ、会えるんですか？

李白　さあみんな、好きなだけ飲んでくれ！　金はたんまり陛下からいただいた。「千金《せんきん》散《さん》じ尽《つ》くすも　還《ま》た復《ま》た来《き》たらん」だ（「将進酒《しょうしんしゅ》」）。今夜はとことん楽しもうぞ！

サヨ　あの、李白さん、今お電話大丈夫？　話を聞きたいっていうお客さんが来てるの。

客人　初めまして。ずいぶん豪勢な宴会みたいですね。宮中晩餐会ですか？

李白　アハハ。何を言う、衣裳は派手だが、ここは旅先の旅館だ。泊まり合わせた客をみな集めて、宴会を開いているのだ。オレの奢《おご》りでな。

客人　どんな衣裳なんですか？

李白　これは宮錦袍《きゅうきんぽう》といってな、宮中で着る錦の上衣だ（※1）。オレの姿を見て旅館の客もみな驚いておったわ。

客人　僕、ミュージシャンなんです。楽師《がくし》というんでしょうか。今メジャーデビューを目指しているんですが、李白さんが宮廷詩人として大成功したと聞いて、ぜひお話を聞きたくって。実は僕の父も外国人なんです。

李白　先日その宮廷から追放されて、今は放浪の身、旅の途中なのだ。宮中に居た頃は、王侯貴族や官僚たちが宴席でオレを取り囲み、ちやほやしたが、追放が決まったとたん、誰も見向きもしなくなった。世間などそんなものだ。手柄、名誉、金、身分、こんなものが永遠の存在なら、世の中はみな逆さになり、東南に流れている川も西北に向かって流れ出すだろうさ（※2）。

客人　それでも、成功の秘訣を知りたいんです！

李白　才能さ。抜きん出た才能、金を支払っても作品を買いたい、ファンにそう思わせるだけの才能があるか否か、それがすべてだ。オレにはその才能がある。だから今回は追放されて流浪の身となったが、再び活躍する日が必ず巡ってくると信じているのだ（※3）。

客人　才能はあると信じているんですが、どうアピールすればいいのか、わからなくて。

李白　わかった。オレがどうやって成功したのか、話してやろう。だがその前に、一杯飲ませてくれ……。ウマイ！　最高の地酒だ。「一杯一杯復《ま》た一杯」（※4）といきたくなる。

サヨ　あら、また脱線癖が出たわね。

李白　おっと、すまん。成功した理由を話すのだったな。

オレには異民族の血が流れている。しかも父の李客《りかく》は商人。シルクロードの交易でガッポリ儲けたものの、その名が示すように、漢民族の社会では、しょせん客《よそもの》あつかい。オレには科挙を受験する資格すら与えられなかった。それでも教養と才能さえあれば、科挙以外にも、立身出世の道はある。だから少年時代には、諸子百家の書物を片っ端から読破した。礼儀や秩序にこうるさい儒教は好きになれなかったが、夢幻の仙界を自由に飛翔するような道教には憧れた。自然美も大好きだったから、道士たちと一緒に、蜀の山中に隠れ住んだこともあった。州の役人が「才能ある人材」としてオレを推薦しようとしたり、中央から派遣された高名な官僚（蘇頲《そてい》）が、オレのずば抜けた文才を見抜いて、「もう少し学問すれば、司馬相如《しばそうじょ》（※5）に匹敵する人物になれるだろう」などと言ってくれたが、オレは学問で出世するつもりなど毛頭なく、もっぱら剣術と雄弁術に熱中した（※6）。今も手にしているこの剣と、雄弁術、天与の文才をひっさげて、広大な世界を遍《あまね》く見てみたい、チャンスが巡ってくれば、一挙に高位高官に出世して、自分の理想を政治に役立てたい——こうした抑えがたい欲求が、胸中にふつふつと湧き上がってきたのだ。それで、二十五歳の時、蜀を離れ天下遍歴の旅に出た。

「南のかた蒼梧《そうご》（湖南地方）を窮《きわ》め、東のかた溟海《めいかい》（東海地方）を渉《わた》った」（※7）が、やがて同郷の大先輩司馬相如が長篇（『子虚《しきょ》の賦《ふ》』）で描いた、楚の雲夢沢《うんぼうたく》（大湿地）を観たくなった。その道中、安陸（湖北省）に立ち寄った際に、宰相であった許圉師《きょぎょし》の家に招かれ、孫娘と結婚することになったのだ。オレも三十歳を過ぎていたし、名門の娘であれば出世にも有利だからな。許相公《しょうこう》は、まことに度量が大きく、文学も愛好されたから（※8）、居心地がよかった。閑暇を好み神仙を愛するオレの希望を容れて、白兆山《はくちょうざん》の桃花巌《とうかがん》という山中に読書堂を構え、山水の美を楽しみながら新婚生活を送ることを許してくれた。妻も祖父と同じく寛容な女で、「三百六十日、日日酔《ひびよ》うて泥の如」き（「内《ない》に贈る」詩）オレの酔態を見守ってくれた。訪ねてきた隠者と二人、山中で酒を酌み交わしたこともあったな。「両人対酌《りょうにんたいしゃく》　山花《さんか》開く、一杯一杯復た一杯」と歌ったのは、その頃のことだ（※9）。夢見心地のうちに三年が過ぎたが、オレは結局、その暮らしに満足することができなかった。「あの管仲《かんちゅう》や晏子《あんし》（春秋時代の政治家）のように、いつかオレも帝王の参謀となって天下の政治を助け、太平の世を実現したい。そして親の名を輝かせたい」という抱負が、胸中に抑えがたいほど膨らんできたのだ（※10）。とりあえず、安陸の地方長官に仕官を求めたが、オレを傲慢とでも思ったのか、怒り出す始末。それで決心したのだ、よし、この際、都の長安に上り、直接、王公大臣に会って交渉してやろう、とな（※11）。

客人　やっぱり首都ですよね、メジャーデビューには。で、どうアピールしたんですか？

李白　オレの武器は、剣術と雄弁術、それに天与の文才だ。だが、もう一つ手段がある。長安南方に位置する終南山《しゅうなんざん》に高臥隠棲《こうがいんせい》して、超俗の名士として世評を高め、天子からお呼びが掛かるのを待つ、という方法だ。これが一番手っ取り早い。だから「終南捷径《しゅうなんしょうけい》（近道）」と呼ばれていた。これらすべての手段を駆使して、一気の栄達を目指したが、この時はことごとく失敗に終わった。だがオレは、呉《ご》の塩をつまみに酒を飲みつつ、こう歌ったものだ、「しばらくは東山に高臥して、時が来たら立ち上がろう。天下の民を救うには、まだ遅くはない」と（「梁園吟《りょうえんぎん》」）。

客人　めげないなあ、李白さんは。tough guy《タフガイ》ですね。

李白　リベンジのチャンスは、四十二歳になって巡ってきた。その年の四月、オレは十七年前（開元十三年：七二五）に、皇帝陛下（玄宗）が封禅《ほうぜん》（※12）の儀式を行った、あの泰山《たいざん》に登ったのだ。かつて天子がお登りになった、まさにその道を上がっていくと、屏風のような山が奇怪な姿でそびえ立ち、やがて頂上に着いて口笛を吹くと、仙女が四、五人、ふわりと天から舞い降りてきた。笑いながら白い手で、夕陽のカクテル（流霞《りゅうか》の杯）を渡してくれたのだ。オレは自分が仙人になれないことを恥じたが、心は広々として宇宙も小さいと感じ、浮世を忘れ実にゆったりした気持ちになった（※13）。

　これが吉兆だったのか、泰山から降りてしばらくすると、吉報が届いた。実は、その年の一月に、優れた文才を持つ者を推薦せよ、という詔《みことのり》を陛下が出されていたのだが、「その候補者としてお前を推薦してやるから上京せよ」というお手紙が、陛下の妹であられる玉真公主《ぎょくしんこうしゅ》から届いたのだ。オレは嬉しくて、天にも舞い上がらんばかり。鶏肉と白酒を用意させて、祝杯を挙げた。息子も娘も笑いながら歌い、父の衣にとりすがってくる。最後には、オレはすっかり酔っぱらって立ち上がり、夕陽のなかで舞い踊った。四十を過ぎて遅まきながら、天子に謁見《えっけん》できるチャンスを得たのだ。妻はオレが出世するとは信じていないふうだったが、いよいよお別れとなると、子供と一緒にオレの上衣を強く引きながら「幾日したら帰ってくるの」と泣いてくれた。だがオレは、自分はやっぱり田舎に埋もれる人材ではないと、意気揚揚、馬に乗って旅立ったのだ（※14）。

ところが、十月の上旬頃、長安に着いてみると、全国から推薦され上京してきた人材が大勢いた。しかも聞けば、みなが陛下にお目にかかれるわけではない、というではないか。さすがのオレも不安になったが、その時、ある御方が、宿泊先の道観《どうかん》（道教の寺院）に訪ねてきてくれたのだ。その方こそ、誰あろう「四明《しめい》の狂客」といわれた長老、賀知章《がちしょう》殿であった。この時、齢八十五、位は太子賓客《たいしひんきゃく》兼正授秘書監《せいじゅひしょかん》（皇太子の先生かつ宮中図書館長）。飲酒、詩文、草《そう》・隷《れい》の書で名高い、長安文化界の最長老だ。翌年末には、道士になりたいと願い出て、故郷（浙江省の四明山麓）にお帰りになったが、道教の厚い信者でもあった。その賀知章殿がわざわざお越しになり、オレの詩文を見たいとおっしゃるのだ。そこで『蜀道難《しょくどうなん》』を差し出したところ、「噫吁嚱《ああああ》　危《あや》うい乎《かな》高《たか》い哉《かな》、蜀道の難《かた》きは青天に上るよりも難し」と始まるその詩を読んで、賀殿はこう叫んだ、「君はまさに謫仙人《たくせんにん》だ！　仙界で罪を得てこの世に流されてきたに違いない」と。また『烏栖曲《うせいきょく》』を見て、「この詩には、鬼神すら哭《な》かせる力がある」と激賞してくれた。そして、腰に着けた金亀《きんき》（金でできた亀型の飾り）を解いて美酒に換え、歓待してくれたのだ（※15）。賀殿が陛下にお伝えくださったお蔭で、オレは陛下から直々にお招きいただくことになった。

陛下からの招待状は、鳳凰《ほうおう》の絵柄で紫泥《しでい》の封印。宮中の金馬門《きんばもん》（翰林院《かんりんいん》）に来るよう、認《したた》めてあった。宮中に赴き、案内に従って幾重もの門を通り過ぎてゆくと、陛下のお車が見えた。オレの顔を見るや、なんと陛下は、車から降りて歩み寄り、四海に春が訪れたかのような満面の笑みを浮かべ、老賢者を敬うような優しい眼差しで、オレを出迎えてくださったのだ。その様子を見て、宮廷の左右に参列していた百官《ひゃっかん》たちはみな万歳を叫び、英明な天子が埋もれた人材を抜擢なさったことを祝賀した。その後、陛下はオレを、七宝がちりばめられた豪華なテーブルにお招きになり、驚くべきことに、御自《おんみずか》ら腕を振るわれて、食事をご馳走してくれた。そして、こうおっしゃったのだ、「あなたは庶民の身でしたが、朕《ちん》によって有名になりました。しかしそれはあなたが平素、道義心を養ってこられたからなのです」と（※16）。

これ以後、オレは、翰林学士という天子直属の文官として、翰林院に勤めることになった。皇帝陛下の内命を受けて重要文書を起草する、栄《は》えある職務だ。自己の文才によって天下の政治に参与し、親の名を輝かせるという長年の夢を、とうとう実現できる地位に就くことができ、オレは心底嬉しかった。宮中では、日本から来た晁衡殿《ちょうこう》（阿倍仲麻呂）とも出合い、友人になった。オレより三つ年上だが、見事な宝剣を持っておられ（※17）、二人とも異国の出身であったから、気が合ったのだ。晁衡殿はオレに日本の布で作った裘《きもの》（上衣）をプレゼントしてくれた（※18）。まことに素晴らしい御仁であったな。

長安に来てほぼ一ヶ月後、十月の下旬には、オレは宮中の名馬に跨《また》がり、行幸《ぎょうこう》にも付き従った。避寒のため長安近郊（驪山《りざん》）の温泉宮へ出向く恒例の行事だが、二年前（七四〇）からは、絶世の美女、楊太真《ようたいしん》（玉環《ぎょくかん》、後の楊貴妃《ようきひ》）様もご一緒だ。新たに長生殿《ちょうせいでん》という新御殿も完成し、オレは温泉宮での壮麗な行事を見事な詩に詠じて天子から激賞され、ご褒美に御衣《ぎょい》を賜った（※19）。実は、陛下がオレに期待されていたのは、宴席の様子を詩に詠じて披露する宮廷詩人としての役割

であった。だから、そうした行事がない折には、自由時間がたっぷりある。オレは大概、誰かと酒を飲んで楽しんでいたが、そんな折に限って、急に天子からお呼びが掛かることがあるのだ。

ある日、陛下が宮中で宴会を楽しんでおられた時、側近の高力士《こうりきし》に、「この素晴らしい美景を、ただ歌手の歌を聴いて楽しむだけでは物足りぬ。天才詩人を呼んで詩に詠わせ、後世に誇ることにしようではないか」とおっしゃった。それで急に、お呼びが掛かったのだが、オレはその時、皇子（寧《ねい》王）の館ですっかり酔っぱらっていた。陛下の前でのご挨拶も、ぐにゃぐにゃ。そんなオレに、陛下は五言律詩で「宮中行楽」の詩を十首作るように、とお命じになった。五言律詩は、ルールが厳密で、オレがふだんほとんど作らないスタイルの詩だ。陛下はこれをオレの苦手な詩型と思い、わざとご指定になったのだ。オレはおじぎをしてこう言った、「わたくしめは皇子様のお屋敷でお酒を賜り、今すでに酔っぱらっております。陛下から『どんな作品になっても咎《とが》めることはない』というお許しをいただけましたら、拙作をご披露いたしましょう」と。「よかろう」と陛下。そして、二人の側近にオレの両脇を支えさせ、赤い糸の罫線が入った紙を前に置き、墨をすり、筆にふくませて、オレに持たせたのだ。そこでオレは、すらすらと、ほとんどよどみなく十篇の詩を書き上げてしまった。ルール違反は一つもなく、筆跡も鋭く力強い。文句のつけようのない完璧な作品だ（※20）。それでまた絶賛され、オレの名は天下に一層轟いたのだ。

客人　すごい才能ですね。なのになぜ、宮中から追放されたのですか？

李白　酒で、ちょっとしたトラブルがあってな。陛下は最後までオレをかばい、餞別《せんべつ》に多額の金をお渡しくださったがね。まあ、その辺りのことは、サヨさんから聞いてくれ。オレは宴会に戻り、酒を飲みたいのでな。

客人　才能の塊のような人ですね、李白さんは。

サヨ　そう。天馬空《てんばくう》を行《ゆ》く、というか。自由奔放な詩人ね。

客人　はい。なんだか勇気をもらった気がします。自分の才能を信じて、僕ももう少し頑張ってみようかな。

サヨ　でも、お酒のトラブルだけは気をつけてね。あなたの楊貴妃《ようきひ》に恨まれないように（笑）。

客人　どういうことですか？

サヨ　じゃ、トラブルの原因になった詩を紹介するわ。あら！　枝豆がいい色に茹であがった。つまみながら読んでみてね。

客人　ワーイ！　いただきまーす。

◇─◇─◇

注

※1　『新唐書』巻二〇二、李白伝。

※2 「功名富貴　若し長えに在らば、漢水も亦た応に西北に流るべし」（「江上吟」詩）。
※3 「一朝金馬を去り、飄落して飛蓬と成る。……長才猶お倚る可く、世上の雄に慙じず」（「山に還るとて金門の知己に留別す」詩）。
※4 「山中にて幽人と対酌す」詩。
※5 司馬相如（前一七九～前一一七）。
※6 『新唐書』李白伝。
※7 「上安州裴長史書」。
※8 『旧唐書』巻五九、許圉師伝。
※9 安旗『李白全集編年箋注』二四三頁。
※10 「代寿山、答孟少府移文書」。
※11 「上安州裴長史書」。
※12 古代の天子が行った、天と地の祭り。山上に土壇をつくって天を祭った。
※13 「太（泰）山に遊ぶ　六首」其の一。
※14 「南陵にて児童に別れて京に入る」詩、「内に別れて徴に赴く　三首」詩。
※15 「対酒憶賀監二首」序文、孟棨『本事詩』高逸ほか。
※16 李陽冰「草堂集序」、「贈従弟南平太守之遥」其の一ほか。
※17 阿倍仲麻呂「命を銜みて国に還る作」（『全唐詩』巻七三二）に「平生の一宝剣、留めて贈る結交の人」と。
※18 「王屋山人魏万（顥）の王屋に還るを送る」詩に「（魏万は）身に日本の裘を著く」とあり、「裘は則ち朝卿（仲麻呂）の贈りし所のもの、日本の布にて之を為る」と自注がある。李白が仲麻呂から贈られた着物を、その後、魏万に譲ったのであろう。
※19 「温泉侍従帰逢故人」詩。
※20 『本事詩』高逸。現存する李白「宮中行楽詞」は、八首の連作。

清平調詞　其二

一枝紅艶露凝香
雲雨巫山枉断腸
借問漢宮誰得似
可憐飛燕倚新粧

清平調詞《せいへいちょうし》　其《そ》の二《に》

李白

一枝《いっし》の紅艶《こうえん》　露《つゆ》香《かお》りを凝《こ》らず
雲雨巫山《うんうふざん》　枉《むな》しく断腸《だんちょう》
借問《しゃもん》す　漢宮誰《かんきゅうたれ》か似《に》るを得《え》たる
可憐《かれん》の飛燕《ひえん》　新粧《しんしょう》に倚《よ》る

語釈

清平調 音楽の曲調の名。

雲雨巫山 周王朝の末期、楚の襄《じょう》王は、巫山の神女と夢で契ったが、女は別れ際に言った、「わたしは今後、朝には巫山の雲となり、暮には雨となって、現れるでしょう」と。宋玉「高唐の賦」の故事。

枉 むなしく。いたずらに。

断腸 腸が断ち切れるほどの悲痛な思い。

借問 ちょっと尋ねる。

可憐 かわいらしく、守ってあげたくなるような美しさ。

飛燕 前漢の成帝の愛姫、趙飛燕のこと。長安で低い身分の家に生まれたが、歌舞がうまく、痩せ型の美人で、その舞う姿は燕が飛ぶようであったから、「飛燕」と呼ばれた。ある日、お忍びに出た帝の目にとまり、妹と共に宮中に召され、帝王の寵愛を一身に受けた。彼女は日夜、その美貌で帝を誘惑したので、十年余り後、帝は精根つきて崩御したという。彼女も晩年には不遇となり、最期は自殺した。

倚 恃《たの》む。自慢に思い、誇りとする。

通釈

一枝のあでやかな紅い牡丹に、しっぽりおいた露が芳香を集めている。（そんな楊玉環さまは、現実の美女。だが）巫山の神女と契《ちぎ》った楚王は、夢から醒めれば、朝夕、雲雨を眺めることしかできず、（夢幻の美女に）空《むな》しく心を痛めたのだ。お尋ねするが、美人ぞろいの漢の後宮で、誰が同等の美しさを示し得たか。それは、あの可憐な飛燕が、新しい粧《よそお》いを誇った姿であろう。

解説

「清平調詞」は三首の連作詩であり、いずれも玄宗皇帝の愛妃、楊貴妃の美貌を詠じた作品である。詳しい制作時期は不明だが、李白が長安に滞在し宮廷詩人として絶頂期にあった天宝《てんぽう》二年（七四三）の春に作られた可能性が高い。ただし、玄宗の皇子寿《じゅ》王の妃であった楊玉環が、皇后に次ぐ「貴妃」の位に就いたのは、天宝四年（七四五）のこと。李白が「清平調詞」を詠じた時、楊玉環はまだ正式には「貴妃」ではなかったのである。

ところで、この「清平調詞　三首」が制作された経緯については、次のような逸話が伝わっている。

「開元年間に、宮中に初めて牡丹が植えられたが、そのうちの紅と紫と薄紅のもの四本を、陛下（玄宗）は興慶池《こうけいいち》の東、沈香亭《じんこうてい》の前に移植させた。ある年、ちょうど花盛りの時期に、陛下は名馬照夜白《じょうやはく》に騎乗し、太真妃（楊貴妃）は歩輦《てぐるま》に乗ってお供をした。陛下は詔（命令）して、梨園の弟子《ていし》（宮廷の楽団員）から優秀な者を選び、十六の楽隊を編成させた。当時、李亀年《きねん》はトップ歌手として名声をほしいままにしていたが、手に香木の拍子木を持ち、楽隊を引き連れて、まさに歌おうとした時、陛下がこうおっしゃった、『名花（牡丹）を賞し（太真）妃と向かい合っているのに、どうして旧《ふる》い歌詞が使えようか』と。そこで李亀年に命じて、黄金の花柄の便箋を李白に遣わし、『ただちに清平調のメロディーに乗せる詞三章を進献せよ』と伝えさせた。李白は喜んで詔を承《うけたまわ》り、なお二日酔いが醒めず苦しんでいたが、筆を執って詞三章を作った。李亀年がすぐにその詞を進呈すると、陛下は梨園の楽団員に命じて音調を整えさせ、やがて李亀年を促して、李白の新詞を歌わせたのであった。太真妃は、ガラスの七宝グラスに、葡萄酒を酌んで、笑いながらその歌詞の意味を十分に理解した。陛下は曲に合わせて玉笛《ぎょくてき》を吹き、彩りを添えた。この時以来、陛下は、李白を特別扱いするようになったのである。ところが（酔った）李白は、高力士に会うと、自分が履いていた靴を、力士に脱がさせたので、力士はこれを深く恥じた。そこで、他日、太真妃が李白の新詞を歌っている時に、戯れてこう言った。『この詞のことで私は、太真妃のため、李白を骨身に染みて深く恨んでおりますのに、どうして繰り返し歌われるのですか』と。太真妃はびっくりして理由を尋ねると、高力士は言った、『この詞の「飛燕」とは太真妃のことですが、これは甚だしい侮辱ですぞ』と（飛燕の【語釈】を参照）。それを聞いて太真妃は深く納得した。それ以来、陛下は三度、李白を（上級の）官に任命しようとしたが、宮中の反対にあって阻止されてしまったのである」（『松窓《しょうそう》（雑）録《ろく》』『太平広記』巻二〇四、『楊太真外伝』等）

帝の側近たちからよく思われていないことを悟った李白は、どうしたか？大人しくするどころか、いよいよ勝手気ままに振る舞い、仲間とともに「酒中の八仙人」といわれたそうだ。さすが！しかし、やがて山に還りたいと熱心にお願いしたところ、帝は黄金を賜って解放し、自由の身にしてあげたと、『新唐書』の「李白伝」は伝えている。

将進酒

君不見　黄河之水天上来
奔流到海不復迴
君不見　高堂明鏡悲白髪
朝如青糸暮成雪
人生得意須尽歓
莫使金樽空対月
天生我材必有用
千金散尽還復来
烹羊宰牛且為楽
会須一飲三百杯
…（中略）…

将進酒《しょうしんしゅ》　　李白

君《きみ》見《み》ずや　黄河《こうが》の水《みず》　天上《てんじょう》より来《き》たるを
奔流《ほんりゅう》して海《うみ》に到《いた》り復《ま》た迴《かえ》らず
君《きみ》見《み》ずや　高堂《こうどう》の明鏡《めいきょう》に白髪《はくはつ》を悲《かな》しむを
朝《あした》には青糸《せいし》の如《ごと》きも　暮《くれ》には雪《ゆき》と成《な》る
人生《じんせい》　意《い》を得《う》れば　須《すべか》らく歓《かん》を尽《つ》くすべし
金樽《きんそん》をして空《むな》しく月《つき》に対《たい》せしむる莫《な》かれ
天《てん》我《わ》が材《ざい》を生《しょう》ずる　必《かなら》ず用《よう》有《あ》り
千金《せんきん》　散《さん》じ尽《つ》くすも　還《ま》た復《ま》た来《き》たらん
羊《ひつじ》を烹《に》　牛《うし》を宰《さ》きて　且《しば》らく楽《たの》しみを為《な》さん
会《かなら》ず須《すべか》らく一飲三百杯《いちいんさんびゃっぱい》なるべし
…（中略）…

五花馬　千金裘
呼児将出換美酒
与爾同銷万古愁

五花《ごか》の馬《うま》　千金《せんきん》の裘《かわごろも》
児《じ》を呼《よ》び　将《と》り出《い》だして　美酒《びしゅ》に換《か》えしめ
爾《なんじ》と同《とも》に銷《け》さん　万古《ばんこ》の愁《うれ》いを

語釈

将進酒　本来は曲調の名だが、「さあ、酒を飲んで」という意味をもつ。

君不見　不特定多数の者への呼びかけ。

青糸　黒い絹糸。若々しい黒髪をいう。

得意　意にかなって嬉しい。思い通りになる。

烹羊宰牛　「烹」は、味を付けて煮る。「宰」は、切り裂いて料理する。

五花馬　高価な名馬。「五花」は、毛並みの模様、たてがみの編み方、の二説がある。

爾　同席していた二人の友人を指す。

万古愁　人間が存在するかぎり永遠に消えることのない憂愁。「愁」は、満たされぬ思い。

通釈

君たちは見たことがないか。あの黄河の水が天上から流れ落ち、奔流となって海に注ぎ込むと、もはや再び戻っては来ないのを。君たちは見たことがないか。立派な邸宅に住む貴人が、鏡に映った白髪のわが姿を見て悲しむのを。朝には黒い絹糸のようであった髪も、暮れには（たちまち）雪のように白くなってしまう。だから、人としてこの世に生まれ、何か思い通りになった時には、存分にその喜びを満喫するべきだ。（美酒をたたえた）黄金の酒樽を、空しく月光の前に放置してはいけない。天が私を才能ある人間としてこの世に生んだからには、必ずその才能を用いるべき任務があるはず。だから、たとえ千金を使い果たしても、（金は）また手元に返ってくる。（今宵は）羊を煮、牛をさばいて（肴《さかな》とし）、しばし、心ゆくまで楽しもう。必ず一度に三百杯飲み干さなければいけないぞ。（中略）

高価な名馬も、千金の皮ジャンも（惜しくはない）。すべて童児《どうじ》に（命じて）美酒に換えさせ、（せめて今宵は）共に消し去ろうではないか、（胸に巣くう）永遠の憂愁を。

解説

「将進酒」の制作時期については諸説あるが、この詩の中略箇所には「岑夫子《しんふうし》（岑勛《しんくん》）」と「丹《たん》丘生《きゅうせい》（元丹丘《げんたんきゅう》）」が登場する。この二人の道士と李白が同席できたのは、開元二十四年（七三六）である可能性が最も高い。そこから通説では、「将進酒」は、嵩山《すうざん》（河南省）の南麓に隠棲していた元丹丘の住居に岑勛が訪れ、二人が李白を招待した際に歌われた作品と見られている。時に李白は三十六歳。第一回目の長安訪問で試みた就職活動が失敗に終わり、各地を放浪していた時期にあたる。この時期の李白は、才能はあるのに世に認められないという強い不遇感を抱いており、「将進酒」の最終句にもそのような満たされぬ思いが込められている。しかし、「将進酒」は全体として、自己の才能への確信と、将来への希望に満ちた作品である。「天我が材を生ずる必ず用有り、千金散じ尽くすも還た復た来たらん」には、そうした特徴が最も端的に表れているだろう。

それにしても……である。通説が正しければ、この詩は、招待された席上で詠った作品である。つまり李白は「お客さん」なのだ。「千金」は、李白の自腹ではなく、この家の主人・元丹丘が支払うのであろう。後半の「五花の馬」「千金の裘」も、李白の持ち物ではなく、「元さん家《ち》の物」かもしれない。だとすれば、李白さんよ、あまりにも「ノー天気」過ぎませんか、そう言いたくなるのは、私だけだろうか。しかし、この常識にとらわれない破天荒さこそ、不羈《ふき》の詩人李白の持ち味であり、魅力なのだ。私のようなしみったれた発想から「将進酒」は生まれない。美酒に酔いしれ、李白の詠う「将進酒」を聞けば、元丹丘もきっと気持ちが解放され、太っ腹になって、喜んで大枚をはたいたことであろう。それが、金銭的価値を超えた、李白詩の魅力なのである。

諸田センセイからの一言

長安において皇帝の宮廷詩人として過ごした一年数ヶ月は、李白の人生における絶頂期でした。メジャーデビューを果たし、一気に頂点まで上り詰めたのです。しかし、李白は生来、流浪の詩人であり、一ヶ所に長く留まることができない「生まれながらの旅人」でした。ですから、賀知章から与えられた「謫仙人（天上界で罪を得てこの世に流されてきた仙人）」という呼称は、李白自身もたいへん気に入り、以後はむしろ、自ら進んで「謫仙人」の名にふさわしい人間になろうとした、ともいわれています。今でも芸能界で活躍するには、独自のキャラを確立することがとても重要ですね。その意味では、李白が酒に酔って高力士や楊貴妃に恨まれ、宮中という天上界から追放されたこと自体、まことに「謫仙人」にふさわしい事件であった、と見ることができます。

そうした「謫仙人」らしさは、李白の作品にもあふれています。仙界に遊ぶかのような夢幻性と、地上の規範にとらわれない自由奔放さ。そうした李白詩の特徴が、今回とりあげた二首にも、はっきりと表れています。

宮中を追放された李白は、ふたたび各地を歴訪する旅人となりました。その途上で、もう一人の天才詩人、杜甫《とほ》と出合ったのです。太陽と月との出合いにもたとえられる、文学史上の大事件です。二人はどのように交際したのか、それは次章をお楽しみに。

杜甫

Toho

712年～770年

李白とともに唐を代表する詩人。「詩聖」と称された。字は子美《しび》。洛陽に近い鞏《きょう》県（河南省）に生まれた。青年時代から各地を放浪、四十歳を過ぎてから官職に就いたが安《あん》禄山《ろくざん》の反乱に遭遇し、晩年は長江流域を放浪しながら一生を終えた。現実社会を直視する多くの作品は「詩史（詩で書き記した歴史）」と呼ばれる。

「就職活動で心が折れそうです……。」

20代・学生

青い空に白い雲。駅舎の周りではミンミン蝉が盛んに鳴いています。サヨばあちゃんは、ニコニコしながら黄色い旗を準備中。何が始まるのでしょうか。

客人 あのー、すいません。
サヨ いらっしゃい。ご飯食べてく？
客人 はい。でも、少しでいいんです。あんまり食欲がないので。
サヨ あら、夏バテ？
客人 というか、就活バテかな。
サヨ あなた、大学生？
客人 はい。今就活中なんですけど、なかなか内定がもらえなくて。
サヨ 優秀そうに見えるけどねえ。
客人 あ、どうも。大企業ばかり受けているからダメなんだと思います。
サヨ 大企業でないといけないの？

客人 はい。親が言うんです、大企業じゃないと安定しないからダメだって。
サヨ たいへんね。
客人 もう心が折れそうなんで、今日はちょっと息抜きに……。その黄色い旗は何に使うんですか？
サヨ もうすぐ結婚式のSL列車が通るのよ。幸せになりますようにって、黄色い旗を振ってお祝いしてあげるの。
客人 SLで結婚式！　いいですね。
サヨ さっき就活の話を聞いていたら、杜甫《とほ》のことを思い出したわ。
客人 トホって、あの中国の詩人の？
サヨ そうよ。李白と肩を並べる大詩人だけど、就職には本当に苦労したの。杜甫は、中流の官僚の家に生まれたんだけれど、父方の先祖には杜預《どよ》（二二二〜二八四）という、西晋の時代に政治家・将軍・学者として大活躍した人がいたのよ。祖父の杜審言《としんげん》も、女帝則天武后《そくてんぶこう》の時代に名を馳せた宮廷詩人。だから、「吾《わ》が祖　詩は古《いにしえ》に冠《かん》たり」（「蜀僧閭丘《りょきゅう》師兄に贈る」詩）と、祖父のことを終生誇りにしていたわ。

母方の血筋も唐の王室と繋がっていてね、しかも杜甫が生まれたのは、ちょうど玄宗皇帝が即位した年（七一二）だった。だから、唐の王室や玄宗皇帝に対する特別な思い入れが杜甫にはあったのね。「この皇帝の御代に政治家・詩人として活躍し、社会の役に立ち、没落しつつある一族の名を再び輝かせたい」。そんな意欲と使命感に、若い杜甫は燃えていたの。意欲に燃えていたのは、新帝玄宗も同じだった。年号を「開元」に改め、「開元の治」と呼ばれる理想的な政治を行ったの。杜甫もその頃を懐古する詩で「憶《おも》う昔　開元全盛の日、小邑《しょうゆう》（小さな村）も猶《な》お蔵《ぞう》す　万《ばん》家《か》の室《いえ》」（「憶昔《おくせき》」）と歌っているわ。でも、杜甫は結局、就活がうまくゆかず、なかなか夢を実現できなかった。

客人　どうしてだろう。もっと教えてもらえませんか？

サヨ　じゃ、直接話を聞いてみたら？

杜甫　おや、こんな時にサヨさんから電話だ。みんな、ちょっと木陰で休憩していてくれ。

サヨ　お久しぶり。今、大丈夫？

杜甫　家族と引っ越しの最中でね。疲れたから休憩中だ。

サヨ　どこへお引っ越し？

杜甫　長安のはるか西、秦《しん》州という街だ。これから二千メートル級の山を越えて行くんだ。山越えだけで七日はかかる。大移動だよ。

サヨ　エッ！　長安を離れてしまうの？

杜甫　そうだ。今は秋七月、収穫の季節だというのに、長安一帯は旱魃《かんばつ》で食糧が手に入らない。

物価も高騰して家族を養えなくなってしまったんだ。そのうえ、四年前に起こった安禄山《あんろくざん》の反乱で、長安・洛陽は大被害を受けた。安禄山は死んだが、東の洛陽一帯は、いつまた賊将史思明《ししめい》の軍に占領されるかわからない情勢だ。ひとまず親戚や知人のいる、西の秦州へ向かおうと決めたんだ。

サヨ　お仕事は？　二年前に皇帝の側近左拾遺《さしゅうい》に抜擢されたって、すごく喜んでいたじゃない？

杜甫　あれから色々あって。左拾遺は辞め、華《か》州という街の教育長（司功参軍《しこうさんぐん》）になったんだが、その官も棄てた。

サヨ　あら、あんなに苦労して就職したのに……。あのね、今就活がうまく行かず落ち込んでいる学生が来てるの。杜甫さんが苦労した話を聞かせてやってくれない？

客人　すいません。親が大手じゃないとダメだって言うもんですから。

杜甫　大手じゃないと……。まあ、自分も「国家」という最大手の組織に苦労して就職した身だ。その体験が参考になるのであれば話してやろう。

　自分の祖父、杜審言は、有名な宮廷詩人だった。自分も幼い頃から祖父のような一流詩人になって出世したい、そして陛下を補佐し、聖天子の堯《ぎょう》や舜《しゅん》を凌《しの》ぐほどの名君にして、この世を再び、古《いにしえ》の純朴な風俗に戻したいと願っていた。万巻の書を読み詩文を書くと、やがて、漢の楊雄《ようゆう》や魏の曹植《そうしょく》に匹敵する若者だと評判になり、大学者や有名詩人が会いに来るようになった（「韋左丈《いさじょう》に贈り奉る二十二韻」詩）。十四、五歳の頃には文壇デビューを果たし、大人とばかり交際していた。

だから、同輩はガキに見えたよ。酒を飲み酔いが回ると、この天下は俗物ばかりだ、そう思ったものだ（「壮遊《そうゆう》」詩）。

だが、四十八歳の今になって振り返れば、「文学の神様は詩人の出世を憎む」（※1）ということを痛感する。李白さんにしてもそうだ。宮廷詩人としてあれほどの名声を勝ち得ていながら、永王の反乱軍に加わったかどで流刑に処され、非業の死を遂げたらしいではないか（※2）。だから自分も政治家としての道は諦めるほかない。そういう思いもあって、都から離れるのだ。

客人　そうでしたか。李白さんとは、どうやってお知り合いに？

杜甫　洛陽の飲み屋だよ。懐かしいなぁ。あれは天宝三年（七四四）の夏だった。陛下側近の宮廷詩人として天下に名を轟かせた、あの李白さんが洛陽に来ている、という噂が耳に入ったのだ。聞けば、高級酒場で人を集め豪快に飲んでいるという。居ても立ってもいられず駆けつけた。自分は三十三歳、李白さんは四十四歳。自己紹介すると、李白さんは爛々《らんらん》と目を輝かせ、虎のような口で笑いながら、一緒に飲もう！　と言ってくれた。酒が入るや、すぐに意気投合し、自分は李白さんの文学談義に聞き惚れ、宮中の様子を想像して憧れた。その後、詩人の高適《こうせき》さんも加わり、秋になったら三人で梁《りょう》・宋《そう》（河南省）に遊ぼう、という話になった。梁・宋では、酒店で文学を論じ、高台から荒野を眺め、歴史に思いを馳せたよ（「遣懐《けんかい》」「昔遊《せきゆう》」詩）。やがて高適さんとは別れ、翌年（七四五）の春、二人で斉・魯《ろ》（山東省）へ行くことにした。当時、李白さんの家がそこにあったのだ。夏になると、李白さんは高名な道士に会いに行くと言うので、自分はま

ず北海《ほっかい》（山東省）太守の李邕《りよう》殿を訪ねることにした。文学の教科書として日頃愛読している『文《もん》選《ぜん》』に注を施した、あの大学者李善《りぜん》の息子さんだ。会うと李殿は酒宴に招待くださり、朝日がいつしか西に沈むまで話し込んだ。私の祖父の詩を絶賛してくれた時の、あの誇らしい気持ちは今でも忘れ難い（「八哀詩《はちあいし》」其の五）。

秋になって、李白さんの家を訪ねた。家には男の子と女の子がいた。安陸で結婚した最初の妻・許さんとの子供だという。先妻はすでに亡くなり、お妾さんらしい婦人が身の回りの世話をしていたな。李白さんと飲んでいるうち、今度は東方の蒙山《もうざん》（山東省）に行き道士に会ってこよう、という話になり、さっそく二人で旅立ったんだ。この頃にはもう兄弟のように親しくなっていた。秋の夜長に飲み交わした後、同じ掛け布団に一緒にくるまったり、毎日手を取り合って歩いたりした。隠者の住居を訪ねた時には、仕官せずこのまま隠遁生活に入ってもいい、とさえ思ったよ（「李十二白《りじゅうにはく》と同《とも》に范十隠居《はんじゅういんきょ》を尋ぬ」詩）。

だが、自分はすでに楊家の娘を娶《めと》り一家を構えた身。夢を実現するためにも、官職に就かねばならない。そのためには上京して科挙に合格するか、有力者の推薦が必要だった。李白さんとは立場が違う。いつまでも一緒にいることは許されなかった。冬が始まる頃、二人は石門《せきもん》（山東省）で何日も別れを惜しみ、李白さんはこんな詩を贈ってくれた。

酔別《すいべつ》　復《ま》た幾日《いくにち》ぞ、登臨池台《とうりんちだい》に偏《あまね》し。何《いず》れの時か石門《せきもん》の路《みち》に、重《かさ》ねて金樽《きんそん》の開《ひら》くこと有《あ》らん。
秋波《しゅうは》は泗水《しすい》に落《お》ち、海色《かいしょく》は徂徠《そらい》に明《あき》らかなり。飛蓬《ひほう》のごとく各自遠《おのおのとお》ざかる、且《しば》く尽《つ》くさん手中《しゅちゅう》の杯《はい》。
「別れを惜しんで酒を酌み交わすこと幾日になるだろう。その間に付近の山水名勝は見尽くしてしまったね。次はいつこの石門の地で、また君と酒樽を開けるだろうか。泗水の川面には秋のさざ波が立ち、徂徠山の向こうには海が明るく光っている。お互い、風に飛ばされる蓬草《ほうそう》のように遠ざかってゆく身。せめてしばし、この手中の杯で（金樽の酒を）飲み尽くそうではないか」
（「魯郡の東 石門にて、杜二甫《とじほ》を送る」詩）

客人　李白さんは、杜甫さんの才能を高く評価していたんでしょうね。

杜甫　それは……ダメだ、言いたくない。あとでサヨさんに聞いてくれ。

客人　エッ、まずいこと聞いちゃいましたか、ボク？

杜甫　ともかく、李白さんと別れた後、自分は長安に出た。前年（七四五）、陛下ご寵愛の楊玉環様が貴妃になられ、街全体が華やいでいた。就職口を見つけるにはやはり有力者とのコネが大切、そう考えて、自分は前皇帝の孫（汝陽王李璡《じょようおうりしん》）や陛下（玄宗）の娘婿などの宴席に加えてもらった。みな李白さんの話を聞きたがったし、あの杜審言の孫だと知って歓迎してくれたよ。翌年（七四七）には、幸運にも科挙の臨時試験（制科《せいか》）が行われることになった。だが、結果はみごと落第。二十五歳以来、二度目の落第だ。しかし今度は受験者全員が落第にされていた。

客人　ひどすぎませんか、それって。試験をする意味が無いじゃないですか。

杜甫　君もそう思うか。実は、当時実権を握っていた宰相の李林甫《りりんぽ》は、「口に蜜あり腹に剣あ

り」と言われた男だったのだ。意味はわかるな？

客人　えーと、甘い物の食べ過ぎで腹が突き出た男？

杜甫　違う！　口ではおべんちゃら、腹の中は真っ黒。陰険な策謀家という意味だ。科挙上がりの官僚たちが増え、自分の政治に口出しすることを、李林甫は嫌ったのだよ。合格者がいないことを、陛下には「おめでとうございます！　野《や》に遺賢《いけん》無《な》し、民間に取り遺された賢者はおりません。天下の賢者はみな、すでに朝廷に集まっているのです」と説明したらしい。

大きな声では言えないが、この頃、陛下はすでに六十三歳。二十九歳の楊貴妃《ようきひ》様の色香に溺れ、政治向きの事はすっかり李林甫任せになっておられた。やがて貴妃様の身内の楊国忠《ようこくちゅう》や三人の姉たちが高位高官に就き、世の歯車はいっそう乱れていった。特に楊国忠という男は、博奕《ばくち》打ち上がりで若い頃から素行が悪く、郷里（山西省）では爪弾《つまはじ》き者だったらしい。だが、後に蜀（四川省）へ移り、守備隊に入って貴妃様の生家に出入りしているうちに、姉の一人虢国《かくこく》夫人と懇《ねんご》ろになった。その後、都の貴妃様に贈り物を届ける部隊長に抜擢され、長安に行った際、先に来ていた虢国夫人の手引きで皇帝に謁見し、陛下や李林甫のご機嫌をとって、トントン拍子に出世。そして、天宝十一年（七五二）の冬、李林甫が亡くなると、ついに宰相の位に就いたのだ。

翌年（七五三）三月の上巳節《じょうしせつ》に、自分は長安の曲江池《きょくこうち》（※3）で、貴妃様の姉たちや楊国忠一行が繰り広げる絢爛豪華な遊宴を見物したことがあった。翡翠《ひすい》の釜から取り出されたのは、紫の駱《らく》駝《だ》のコブ料理。白い魚が水晶の大皿に盛られ運ばれてくる。食べ飽きて犀《さい》の角《つの》の箸はご馳走に付けられないままなのに、宮中の厨房からは、山海の珍味がひっきりなしに送られてくる。そこに、楊国忠が悠然と馬でやってきたのだ。そして、そのまま虢国夫人の寝室へ入ってゆくではないか。だが、そんなふしだらを咎める者は誰もいない。宰相の逆鱗《げきりん》に触れたら首が飛ぶ。それほど絶大な権勢を楊国忠は誇っていたから（「麗人行《れいじんこう》」詩）。

哀しいかな、それは自分も同じであった。この時、楊国忠への口利きを人に頼み、引き立てを求めていたのだ。三人の娘と一人の息子、そして次男を身ごもっていた妻を、長安に呼び寄せ、なんとしても食わせてゆかねばならなかったからな。ところが、その年（七五四）の秋、長安は記録的な長雨に見舞われて物価が高騰し、せっかく呼び寄せた家族を親戚のもとに預けざるを得なくなった。

しかし、翌年（七五五）の冬、ついに念願の就職が決まった。東宮《とうぐう》（皇太子）づきの官（右衛率府兵曹参軍《ゆうえいそつふへいそうさんぐん》）に就けることになったのだ。何度も有力者に詩を贈り、引き立てを求めてきた長年の労苦がようやく報われた。その吉報を妻子に伝えるべく、自分は勇んで長安を出発した。だが、その道中には、飢えと寒さで死んだ者の遺骸がいくつも転がっていた。近郊の温泉地驪山《りざん》まで来ると、ちょうど陛下が、避寒のため貴妃様や楊国忠一行を引き連れ、離宮におられた。管弦の音は外にも響き渡り、聞けば、客人らはみな毛皮のコートを着、豪華な皿には駱駝の蹄《ひづめ》のスープが盛られているという。彼我の差、理不尽に、自分は心底悲しく、また激しい憤りを覚えた。この時、「朱門《しゅもん》に酒肉臭《しゅにくくさ》く、路《みち》に凍死《とうし》の骨有《ほねあ》り」という詩句が浮かんだ。やっとの思いで、親戚の家に行き着くと、泣き叫ぶ声が聞こえてきた。なんと幼い愛娘《まなむすめ》が、飢えで亡くなっていたのだ。わが子を飢えで亡くすとは。親の無念、ふがいなさが、君にはわかるか（「京《けい》より奉先《ほうせん》県に赴《おもむ》く詠懐《えいかい》五百字」詩）。

ところが、自分が悲しみの涙に暮れていたまさにその頃、十一月九日に、安禄山が幽《ゆう》州（北京《ペキン》）で反乱の狼煙《のろし》を挙げたのだ。楊国忠と対立していたから、やられる前にやってやる、そう腹を括ったのだろう。国家の一大事だ。十二月には洛陽が陥落し、翌年（七五六）正月、安禄山は自ら大燕《だいえん》皇帝と称して、勢いに乗じ、六月九日には長安最後の砦《とりで》・潼関《どうかん》も落とした。その一報を聞くや、陛下や貴妃様、楊国忠たちは、慌てて長安を脱出し、蜀（四川省）へと落ち延びていった。数日後には反乱軍が都を占領するぞ、というので、自分も多くの避難民に混じって長安を脱出し、奉先県に行って家族と合流したのだ。

その後、親戚を頼って各地を転々としたが、何度も危険な目に遭った。馬を奪われて草むらに取り残されたり、あまりに空腹で自分に噛みついてきた娘が泣き声を立てて、虎や狼に聞かれてはいけないと、口をふさいだり。そんなふうにしてなんとか家族を疎開させ、鄜《ふ》州（陝西《せんせい》省）に身を落ち着けることができた。

だが、そこで自分は反乱軍に捕まり、長安に連れ戻されてしまったのだ。行動は自由だが、長安の外には出られない軟禁状態。翌年（七五七）、四十六歳の春を迎えた自分は、国家存亡の危機を前にして、身も心もぼろぼろになっていた。まさか国が潰《つぶ》れてしまうとは。「国破《くにやぶ》れて山河《さんが》在《あ》り、城春《しろはる》にして草木深《そうもくふか》し」（「春望《しゅんぼう》」）と詠じたのは、この時のことだ。

しかし、まだ負けと決まったわけではない。自分は乾坤一擲《けんこんいってき》、長安を脱出し、新帝（粛宗《しゅくそう》）のもとへ馳せ参じることに決めた。脱出行は困難をきわめ、新帝のもとに着いた際、出迎えた知人たちは、あまりに痩せ衰え、老け込んだ自分の姿を見て、驚きを隠さなかった。しかし、この決死の行為が高く評価され、なんと左拾遺を授けられたのだ。涙が出るほど嬉しかった。官位は高くないが（従八品下）、国政に直接関わり、時には陛下を諫《いさ》めることさえできる、名誉ある官職だ。今こそ「天子を堯・舜を凌ぐほどの名君にする」という年来の志を果たすことができる。その喜びと感激は以前サヨさんにも伝えた通りだった。

しかし、数日後、賄賂《わいろ》を収めた者を助けた房琯《ぼうかん》を閑職に左遷せよ、という命令が出されたのだ。房琯は元宰相で自分の友人だ。昨年の戦には敗れたが、いくら敗戦の将でも、そんな些細な罪で降格人事を行うのは厳しすぎる。自分は玉座の敷物に伏し、陛下の椅子にすがりついて、命がけで諫言《かんげん》した（「壮遊《そうゆう》」）。ところが、これが陛下の逆鱗に触れ、危うく死罪になるところであった。これ以後、自分は陛下から疎んじられ、やがて体《てい》よく追放されてしまった。おかげで家族と再会を果たすことはできたがね。その後、奪還した長安に戻ってからも、自分は房琯一派と目され、窓際族に追いやられてしまったのだ。しかも、今年の秋は旱魃で物価も高騰し、家族を養えない。それで、一切の官職を捨て、秦州へ引っ越すことに決めたのだよ。

おや、ちょっと休憩のつもりが、長くなってしまった。では、失敬するよ。オーイ、出発だ！

サヨ たいへんだわね、杜甫さんたち。
客人 本当ですね。ボクの就活など苦労のうちに入りません。
サヨ でも、あなたはあなたでたいへんよ。応援するわね、この黄色い旗で。

注
※1 この年に作られた「天末に李白を憶う」詩に「文章は命の達するを憎む」と。
※2 李白は投獄され、死刑に処されそうになったが、結局、夜郎（貴州省）へ流罪となり、途中で釈放された。そのことを杜甫は知らなかった。
※3 長安城の東南隅にあった行楽地。

春日憶李白

白也詩無敵
飄然思不群
清新庾開府
俊逸鮑参軍
渭北春天樹
江東日暮雲
何時一樽酒
重与細論文

春日《しゅんじつ》　李白《りはく》を憶《おも》う

杜甫

白《はく》や詩《し》　敵無《てきな》し
飄然《ひょうぜん》　思《おも》いは群《ぐん》ならず
清新《せいしん》なるは庾開府《ゆかいふ》
俊逸《しゅんいつ》なるは鮑参軍《ほうさんぐん》
渭北《いほく》　春天《しゅんてん》の樹《き》
江東《こうとう》　日暮《にちぼ》の雲《くも》
何《いず》れの時《とき》か　一樽《いっそん》の酒《さけ》
重《かさ》ねて与《とも》に細《こま》かに文《ぶん》を論《ろん》ぜん

語釈

白也　李白への呼びかけ。年長者に諱《いみな》（本名）で呼びかけているが、親しみの表現。「也」も親しみを表す、呼びかけの助字。

無敵　匹敵するものが無い。ナンバーワン。

飄然　風が舞うように、囚われない自由なさま。

庾開府　南朝・梁の詩人、庾信（五一三〜五八一）のこと。「開府」は、庾信が北周に抑留された後に与えられた官職。

鮑参軍　六朝・宋の詩人、鮑照（四一四？〜四六六）のこと。「参軍」は、鮑照の官名。

渭北　渭水の北。杜甫のいる長安一帯を広く指す。

江東　長江の東南。李白がいるであろう呉（江蘇省南部）の地。

論文　文学について語り合う。詩について論じ合う。

通釈

白さん！　あなたの詩は無敵だ。風のように自由で群を抜いている。清々しく新鮮な点は庾信《ゆしん》のよう。才気煥発ぶりは、あの鮑照《ほうしょう》を思わせる。渭水《いすい》の北（の長安）で、私は春の木々を眺めているが、あなたは長江の東南（の呉国）で、夕暮の雲を見ていることでしょう。いつの日か、同じ樽の酒を飲みながら、また一緒に文学を細かく論じ合いたいものです。

解説

この詩は、天宝五年（七四六）の春、長安で詠まれた作品である。この時、杜甫は三十五歳、李白は四十六歳。前年の晩秋か初冬に、二人は石門（山東省）で別れ、その後、杜甫は就活のために長安へ向かった。李白の足跡は明らかでないが、杜甫と別れる際、江東（江南地方）に向かうつもりだと伝えていたのであろう。憧れの天才詩人李白と別れてから、まだ数ヶ月。この詩には、李白への親しみと尊敬が、生き生きと表現されている。詩は冒頭から興奮気味だ。十一歳年長の大先輩に対して、「白や、詩 敵無し」と切り出すのは、詩的表現とはいえ、場合によっては失礼に当たる。しかし相手は、通算一年ほど一緒に旅し、手をつなぎ、同じ布団にくるまって寝たこともある李白さんだ。こう呼びかけても差し支えない、というか、こうした破格の表現でなければ示し得ない親近感と敬意を、杜甫は李白に対して抱いていた、と解釈するべきなのであろう。実際、杜甫は晩年まで李白のことを忘れず、安禄山の乱が発生した後には、夢にまで見て心配し、生涯で李白関連の詩を十四首のこしている。一方、李白が杜甫に与えた詩は、逸話部分で紹介した「魯郡の東……」詩を含めて、二首のみ。これでは、杜甫の片思い、と言われても致し方ない。

ところで、逸話のなかで、李白からの評価を聞かれた杜甫が、「サヨさんに聞いてくれ」と言葉を濁す場面があった。『旧唐書《くとうじょ》』の杜甫伝を読むと、李白は杜甫の詩をあまり高く評価してくれなかったらしいのだ。杜甫の詩は「齷齪《あくせく》」――こせこせして、ゆとりがない――していて、まるで

「飯顆山《はんかざん》」だと嘲《あざわら》った、というのである。杜甫の詩は、飯顆《めしつぶ》の山のようで、登ろうとすると手足に米粒が粘り着きどうしようもない、というのである。自分の詩が「放達《ほうたつ》（とらわれがなく、のびのびしている）」であることを自慢していた李白らしい批評の言葉だ。

しかしこの李白の批評は、杜甫詩の特徴を、実に的確に捉えている。李白の詩は天翔《あまがけ》る天馬のようで、対象からの「飛翔」を特徴とするのに対し、杜甫の詩の特徴は対象への「密着」である。ネバネバと、どこまでも食らいついて離さない。この特徴が、「詩史（詩による歴史）」とも呼ばれる、杜甫文学の現実主義を生み出した。

この詩でも、結びの二句に、その特徴が表れている。この二句が、逸話のなかで紹介した李白詩（「魯郡の東……」）の「何れの時か石門の路に、重ねて金樽の開くこと有らん」を承《う》けた表現であることは明らかであろう。しかし、杜甫の「何れの時か　一樽の酒、重ねて与に細かに文を論ぜん」という表現は、より執拗《しつよう》である。李白風にいえば、ネバネバした表現だ。

たぶん、一緒に旅をしつつ文学談義に花を咲かせた際にも、杜甫はかなり執拗に議論を挑んだのではないか。それを李白は余裕をもって受けとめながらも、あまりに執拗なので、内心うんざりすることも多かったのかもしれない。ネバネバ杜甫と、あっさり李白。十四首と二首という詩数の差にも、二人の好みの違いが、表れているのだろう。

哀江頭

少陵野老呑声哭
春日潜行曲江曲
江頭宮殿鎖千門
細柳新蒲為誰緑
憶昔霓旌下南苑
苑中万物生顔色
昭陽殿裏第一人
同輦随君侍君側
輦前才人帯弓箭
白馬嚼囓黄金勒
翻身向天仰射雲

哀江頭《あいこうとう》（江頭《こうとう》に哀《かな》しむ）　杜甫

少陵《しょうりょう》の野老《やろう》　声《こえ》を呑《の》みて哭《こく》し
春日潜行《しゅんじつせんこう》す　曲江《きょくこう》の曲《くま》
江頭《こうとう》の宮殿《きゅうでん》　千門《せんもん》を鎖《と》ざし
細柳新蒲《さいりゅうしんぽ》　誰《た》が為《ため》にか緑《みどり》なる
憶《おも》う　昔《むかし》　霓旌《げいせい》　南苑《なんえん》に下《くだ》りしとき
苑中《えんちゅう》の万物《ばんぶつ》　顔色《がんしょく》を生《しょう》ぜしを
昭陽殿裏《しょうようでんり》　第一《だいいち》の人《ひと》
輦《れん》を同《おな》じくし君《きみ》に随《したが》いて君側《くんそく》に侍《じ》す
輦前《れんぜん》の才人《さいじん》　弓箭《きゅうせん》を帯《お》び
白馬《はくば》嚼囓《しゃくげつ》す　黄金《おうごん》の勒《くつばみ》
身《み》を翻《ひるがえ》し天《てん》に向《む》かい　仰《あお》ぎて雲《くも》を射《い》る

一箭正墜双飛翼
明眸皓歯今何在
血汚遊魂帰不得
清渭東流剣閣深
去住彼此無消息
人生有情涙沾臆
江水江花豈終極
黄昏胡騎塵満城
欲往城南忘南北

一箭《いっせん》　正《まさ》に墜《お》とす　双飛翼《そうひよく》
明眸皓歯《めいぼうこうし》　今何《いまいず》くにか在《あ》る
血汚《けつお》の遊魂《ゆうこん》　帰《かえ》り得《え》ず
清渭《せいい》は東流《とうりゅう》し　剣閣《けんかく》は深《ふか》し
去住《きょじゅう》　彼此《ひし》　消息無《しょうそくな》し
人生情有《じんせいじょうあ》り　涙《なみだ》　臆《むね》を沾《うるお》す
江水江花《こうすいこうか》　豈《あ》に終《つい》に極《きわ》まらんや
黄昏《こうこん》　胡騎《こき》　塵《ちり》　城《まち》に満《み》つ
城南《じょうなん》に往《ゆ》かんと欲《ほっ》して　南北《なんぼく》を忘《わす》る

語釈

哀江頭　曲江池（百三頁参照）のほとりで哀しむ。

少陵野老　少陵の在野の老人。杜甫の自称。「少陵」は、長安南郊の地名。杜甫の小さな荘園があった。

昭陽殿裏第一人　楊貴妃のこと。漢の成帝の寵愛を受けた趙飛燕（八十七頁参照）に喩えた表現。

明眸皓歯　明るく清んだ眸《ひとみ》と皓《しろ》い歯。美女の形容。

血汚遊魂

剣閣　安禄山の反乱で成都に逃れる途中、楊貴妃は首を絞められ、処刑されたのでいう。

長安から蜀への通路に立ちはだかる険しい山脈。

通釈

少陵のしがない老人（である自分）は、声も出さず泣きながら、春の日、曲江池のほとりをこっそり歩いている。池辺の宮殿は千の門を閉ざし、細い柳や蒲《がま》の芽は（宮殿の主もいない今）、誰のために新緑なのか。

思えば昔、天子が虹の御旗《みはた》を立ててこの南苑（芙蓉苑《ふようえん》）に来られた時には、苑中の万物が色めき生き生きとしていた。昭陽殿の第一の人（あの趙飛燕《ちょうひえん》に似た楊貴妃）は天子のお車に同乗し、側にはべっておられた。車の前では女官が弓矢を携え、白馬が黄金の勒《くつばみ》を噛みしめる。身をのけぞらせ、女官が空の雲めがけて矢を放つと、なんとその矢は（不吉にも）、つがいの鳥を射落としてしまったのだ。あの明眸皓歯《めいぼうこうし》の美女（楊貴妃）は、今はどこにいるのか。（処刑され）血に汚された（貴妃の）魂はさまよい、（賊軍に占領された都へ）帰れないでいることだろう。清らかな渭水《いすい》は東に流れ、西の剣閣《けんかく》は深い山に閉ざされている。（埋葬され渭水のほとりに）とどまる貴妃と、（剣閣のかなた、蜀に）去った陛下とは、今や互いの消息すら途絶えてしまった。

人には生まれながら感情というものがある。だから（有限の人生、世の無常を感じて）涙が流れ、胸まで濡らしてしまう。だが（感情を持たない）曲江池の水や花は、無限に尽き果てることはないのだ。夕暮れ、胡騎《こき》の巻き上げる塵が、長安中に立ちこめている。自分は街の南に行こうとしたが、いったいどちらが南か北か、わからなくなってしまった。

解説

この詩は、至徳二年（七五七）の春、杜甫が反乱軍の占領下にある長安に軟禁されていた時の作品である。「国破れて山河在り、城春にして草木深し」と始まる、あの「春望」の詩が詠まれたのも、この時であった。「哀江頭」の冒頭で、杜甫は自ら「少陵の野老」となって登場する。囚われの身ではあったが、ほとんど無名の杜甫は、「小物」扱いされ、監視の眼はさほど厳しくなかったようだ。それでも、身を隠しながら歩いた曲江池は、長安の東南隅に位置する行楽地。唐王朝の繁栄そのものを象徴する場所であった。逸話のなかで、貴妃の姉たちや楊国忠一行が繰り広げる絢爛《けんらん》豪華な遊宴を、杜甫が見物したのもここである。ところが、今や、同じ場所でありながら、池辺の宮殿は千門を閉ざし、状況は一変してしまった。場所は同じであるだけに、時間の経過にともなう激変ぶりが、いっそう鮮烈な明暗差を帯びて伝わってくる。

諸田センセイからの一言

「哀江頭」の最後で、変わり果てた曲江池周辺の情景を目にした杜甫は、涙に胸を濡らします。杜甫にとって「国家」は絶対的な存在でした。その都である長安も、そこに君臨する皇帝も、同じく「絶対的な存在」のはず。ところが今や、長安は反乱軍の手に落ち、天子は蜀へ逃れ、不在となってしまったのです。この人間世界には「絶対的な存在」など無かったのだ——そうした、無常（有限性）の痛感、滅びへの慨嘆《がいたん》が、杜甫に、滂沱《ぼうだ》たる涙を流させたのです。それは同時に、「出世して天子を補佐し、唐王朝に貢献したい」という、杜甫の人生の指針が、もろくも崩れ去った瞬間でもありました。指針を失った杜甫は、今後、何を目標とし、どこへ向かって進んでゆけばよいのか、途方に暮れ、「南も北も、わからなくなってしまった」のです。

しかし、ピンチはチャンス。その混乱と苦難のなかから、杜甫はやがて、自己の歩むべき一筋の細い道を、見つけ出してゆきます。それは、詩人として生きる、という道でした。「大手でないと安定しないからダメ」という発想には、確かに一理あるのでしょう。しかし逆に、困難や逆境こそが、人を磨き、成長させる場合もある。「天は詩人の出世を憎む」。その「天の恵み」があったからこそ、「大詩人杜甫」は生まれ得たのです。

韓愈

Kanyu

768年〜824年

中身のない美文よりも、道を語る文を書け。そうした思想のもと、古文復興、儒教《じゅきょう》復興を目指した名文家。詩人では李白と杜甫を尊敬した。幼少にして父母を失い、兄夫婦に育てられた。太っちょでヒゲは薄かったが、皇帝の意向に逆らう意見書を献上して左遷されるなど、ロックな一面も。

「教師として、どうあるべきか迷っています。」

20代・教員

涼しい風が吹き始め、秋が訪れました。駅舎からはトントン、まな板の音。サヨばあちゃん、今日は宅配用のお弁当を作っているようです。

客人　こんにちは。

サヨ　あら、こんにちは。これからお弁当の配達があってね。昼ご飯はその後になっちゃうんだけど、大丈夫ですか？

客人　大丈夫です。SLの写真を撮りに来たんですけど、美味しそうな匂いがしたもんですから。

サヨ　今ね、カボチャとナスの煮物ができあがったところなの。ちょっと味見してみます？

客人　ワーイ、いいんですか？（モグモグ）美味しいな、これ！

サヨ　よかったわ。あら、大きなカメラね。写真が趣味？

客人　ええ。私、教員なんですけど、ストレス解消には趣味が一番なんです。

サヨ　学校の先生って、たいへんでしょう？

客人　うちは進学校なので受験指導がメインなんですけど、時々、自分はなんのために教えているんだろうとか、教師ってなんだろうとか、考えてしまうんです。

サヨ　そう。「師《し》は、道を伝え業《ぎょう》を授け惑《まど》いを解く所以《ゆえん》なり」と韓愈《かんゆ》は言ってるけど、現実には色々あって、難しいでしょうね。

客人　カンユって、あの中国の詩人の？

サヨ　そう。『師《し》の説《せつ》』という教師論の冒頭なんだけどね、「教師とは、人の道を伝え、実用的な技術を授け、迷いを晴らしてやる人のことだ」って言ってるの。千二百年以上も昔の文章だけど、今にもあてはまることが書いてあるのよ。「肩書きや年齢は関係ない。人ではなく道こそが先生なんだ」とか、「子供には家庭教師までつけるのに、親が学ばないのは愚かだ」とかね。

客人　その通り！　なんだか胸がスカッとしたな。

サヨ　韓愈はこうも言っているわ、「実用的な技術を学ぶ時には、みんな先生について学ぶのに、人の道や正しい生き方、人生の迷いを解くためには、先生について学ぼうとしない。後者のほうが大切なはずなのに、おかしくはないか」って。

客人　確かにね。でも、生徒の前でそんなこと言ったら、偉ぶってる、って思われそう。

サヨ　それは韓愈も同じでね、風当たりは相当強かったの。彼に弟子入りした人はけっこういて「韓門の弟子《ていし》」と呼ばれていたし、韓愈自身も進んで師になろうとした。けれどもそれは、当時も普通のことではなかったのね。あいつは狂っているとか、非難する人間がわんさといた。けれども、韓愈は気にせず、嘲笑を承知で弟子を取り、気強くも師となったわけ。それはやっぱり天晴《あっぱ》れな生き方だと言って、ほめてくれる友達もいたの（柳宗元《りゅうそうげん》「韋中立《いちゅうりつ》に答えて師道《しどう》を論ずる書」）。

客人 韓愈って、強い人だったんですね。会ってみたかったな。

サヨ あら、じゃ、スマホで呼んでみるわね。

サヨ お久しぶり。今、お電話大丈夫？

韓愈 今、文章を書きながら、表現をあれこれ悩んでいたところでね。

客人 ごめんなさい、文章を推敲《すいこう》中なら、また後でもけっこうですから。

韓愈 推敲！ 君はどうしてその言葉を知っているんだい？

客人 エッ？ みんな普通に使ってますけど……。

韓愈 賈島《かとう》君（※1）が悩んでいたのと同じ言葉だからビックリした。彼が以前、「僧《そう》は推《お》す月下《げっか》の門《もん》（僧推月下門）」という詩句を思いついた時に、『推す』がよいか『敲《たた》く』がよいか、ずいぶん悩みました」と言っていたからね（※2）。

客人 そうか！ 推敲の故事ですよね。そういえば、韓愈さんが登場するんでした。

科挙受験のためロバに乗って都に来ていた賈島さんが、詩句に悩み夢中になったあげく、都知事の韓愈さんの行列につっこんでしまった。だけど、韓愈さんはその訳を聞いて笑って許し、相談に乗ってあげた、というお話（※3）。国語の先生が「いつもこの逸話を紹介しながら、歩きスマホは危険だからやめなさいと、生徒に注意するんですよ」って言っていました。

韓愈　ちと事実とは違うがね。私は今五十六歳、確かに京兆府《けいちょう》（長安）の尹《いん》（長官、今でいう都知事）をしているが、賈島君と知り合ったのは、ずっと以前のことだよ。

客人　そうだったんですか。ところで今、どんな文章を推敲してたんですか？

韓愈　四年前に亡くなった娘のことを書いた文章だ。今度故郷に娘を埋葬する際、棺《ひつぎ》と一緒に墓に埋める文章だよ。

客人　そんな時にすみません。でも、娘さんが亡くなったのは四年前なのに、これから埋葬ですか？

韓愈　事情を知らなければ、不思議に思うのも無理はない。よし、気分転換にもなるから、話してあげよう。

　私は若い頃から何度も科挙に落第して、就職にはずいぶん苦労したんだ。中央で官職に就くのは難しいから、仕方なく地方の節度使《せつどし》のもとで働いたりもした。ところが、安禄山の反乱（七五五年）以降、地方の節度使のなかには、中央政府の言うことを聞かず、独立政権のように振る舞って、後継者まで勝手に決める者たちが増えてきた。代替わりの際には、後継者に不満を持つ臣下たちが反乱を起こすことも多くてね、私も危うく巻き込まれそうになったこともあった。そんな苦労のあげく、三十五歳の時に、やっと念願の中央の官職に就くことができたのだ。四門博士《しもんはかせ》といって、国子監《こくしかん》（長安にあった当時唯一の国立大学）の教授職だ。大学教授といえば聞こえはいいが、国子監は四つのランクに分かれていて、四門学は下から二番目だ。六品七品の官僚の子弟しか入ってこない。エリートコースからは大きくはずれている。だから、教師の給料だってしれたもの。行政職なら、折に触れ業者からつけ届けもあるが、教育職では中元も歳暮も来ない。長安の物価は高いし、生活は苦しかった。

客人 そのお話、身に沁みます。中元や歳暮がほしいわけじゃないですけど。

韓愈 生活は苦しかったが、仕事の手は抜かなかったぞ。私には理想があるからな。儒教の聖人の道、孔子や孟子が説いた、人の生き方として正しい道を、人々に教え、世に広めるという使命が、私にはあるのだ。そんな私に弟子入りしたいという者も、この頃から増えてきた。しかし、そんな私を見て世間は、まだ四十前なのに生意気だ、やれ狂人だ、見苦しいと、冷笑や非難の言葉を浴びせかけてきた。それで私は、『師の説』という論文を書いて反論したんだ。何に対しても率直に自分の意見を述べ、負けず嫌いなのが私の性分でね。だが、そのせいで、ずいぶん失敗もしたし、痛い目にも遭った。娘もその巻き沿えで……。

客人 あ、泣いてるんですか？　もう、お話はけっこうですよ。

韓愈 大丈夫だ。娘の姿が目の前に浮かんできて、つい……。本当に利口な子だったのに、早くに死なせてしまった（※4）。事情はこうだ。

四年前、元和十四年（八一九）の正月であった。その頃私は刑部侍郎《けいぶじろう》（法務省の事務次官）の職に就いていたが、その年はちょうど、長安近郊の法門寺《ほうもんじ》に納められている仏舎利《ぶっしゃり》（お釈迦様の

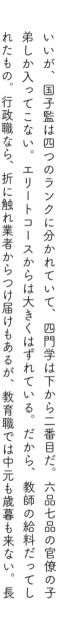

骨）が公開される、三十年に一度のご開帳の年にあたっていた。そこで陛下（憲宗《けんそう》）は、勅使《ちょくし》を立てて仏骨を宮中に迎え入れ、三日間供養してから、長安の寺々へ廻すようにお命じになったのだ。一般市民にも礼拝を許したから、人々は争って仏骨を拝み、喜捨をしすぎて破産する者まで出る始末。その様子を見て私は居ても立ってもいられなくなった。皇帝が仏教を信仰するから、万民がそれにならうのだ、そう思った私は、「仏骨を論ずる表」という意見書を陛下に奉った。意見の要点は二つだ。第一に、仏教が中国に入る前、皇帝たちはみな長命であったが、仏教伝来後、皇帝や王朝の寿命が短くなったこと。第二に、仏陀《ぶっだ》（釈迦）は夷狄《いてき》の人間（異民族）で、中国語も通ぜず、君臣の義も父子の情も知らない。そうした汚らわしい、とうの昔に死んだ者の骨を、宮中に入れるとは言語道断であること。だから、ただちに仏骨を焼き捨てていただきたい、その罰が当たって私が死んだとしても後悔は致しません、と意見したのだ。

客人　ずいぶん思いきったことを言いましたね。私なら、校長にも言えません。

韓愈　意見書を読み、陛下は激怒された。そして「愈を死刑にせよ！」と命ぜられたそうだ。しかし、宰相たちが「韓愈は実にけしからん。ですが、もとは陛下への忠誠心から出た言葉。それを死刑にしては、今後陛下に諫言（忠告）をする者がいなくなってしまいます」と命乞いをしてくれた。それで結局、潮《ちょう》州（広東省）刺史《しし》へ左遷と決まったのだ。

そうなれば、もう罪人扱いだ。出発に猶予は許されない。私は護送の役人たちに急《せ》き立てられ、その日のうちに潮州へ向かった。潮州への道のりは八千里。私は自ら招いた事態に腹を括り、ちょ

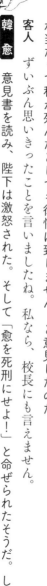

うど追いついてきた親族の韓湘《かんしょう》に、覚悟の詩を詠み与えた。
だが、巻き添えで家族も追放されたのだ。病気で寝込んでいた十二歳になる四女も、許されなかった。長安から東南へ、秦嶺《しんれい》山脈の二千メートル級の山々を越え、父の後を追い、潮州へと駆り立てられた。長安で私と別れる際、すでに四女の拏《だ》は重体で、これが今生《こんじょう》の別れとなることを覚《さと》り、悲しみのあまり泣くこともできない様子だった。彼女は布団のまま輿《こし》（車）に乗せられ、一日中揺られながら移動させられる。雪や氷雨が降って娘の柔肌を傷つけ、険しい山中でも少しの休憩もとれない。娘はやがて食事も喉を通らなくなり、ついに、層峰《そうほう》（陝西省の南東隅）という宿場で死んでしまった。仕方なく、そまつな木の皮で棺桶を作り、そのまま道の南側の山のふもとに埋めたのだ（※5）。

その後、自分は許されて長安に還り、四年後の今、長慶三年（八二三）には、京兆の尹となった。そこでやっと、身内の者と四女の乳母《うば》を遣《や》って、立派な棺桶と布団に換えてやり、娘の遺骨を故郷にある一族の墓所に改葬させることにしたのだ。その際、棺と一緒に埋葬する墓誌銘《ぼしめい》の文章を、今推敲していたところなのだ。

客人　そうでしたか。でも、長安に無事復帰できてよかったですね。

韓愈　長安でも、潮州同様、命の危険はあったがね。

客人　エッ、また皇帝に逆らっちゃったんですか？

韓愈　いや、朝廷の使者として戦地へ行ったのだ。一昨年（長慶元年、八二一）のことだが、鎮《ちん》

州（河北省）の駐屯軍が反乱を起こし、節度使を殺した。首謀者の王廷湊《おうていそう》は、自分が次の節度使になると勝手に決めて、その承認を朝廷に求めてきた。武将の牛元翼《ぎゅうげんよく》が討伐に向かったが、逆に反乱軍に包囲されてしまったのだ。朝廷は仕方なく、王廷湊の要求を認め、将士（武将や兵士）には元通りの官職を与えることにした。その旨を王廷湊に伝え戦闘の停止を交渉する使者として、兵部《へいぶ》侍郎であった私に、白羽の矢が立ったのだ。

そこで昨年（八二二）の二月、私は勇躍《ゆうやく》、馬を飛ばして敵地へ向かった。王廷湊はウイグル族の将軍で、残忍冷酷な乱暴者として知られていた男だ。私が長安を出発した後、朝廷では、「韓愈ほどの人材を殺してしまうのは惜しい」と、陛下（穆宗《ぼくそう》）に訴え出た者がいた。陛下も後悔して使者を派遣し、「危険なら必ずしも敵地に乗り込まなくてよい」という詔を出された。だが、それを届けに来た使者に、私はこう言ったのだ、「主君の命を受けながら、どうして一身の安全ばかりを考えていられましょうか」と。

敵陣に着くと、王廷湊は厳戒態勢で私を迎えた。前庭には甲冑《かっちゅう》で身を固めた兵士が居並んでいる。席につくと王は「緊迫した事態になったのは、兵士たちの不満が強いからなのだ」と言った。私は声を荒らげて言った、「天子はあなたに部下をまとめる力があると見込んで、節度使を授けられたのだ。賊兵と一緒になって反乱を起こすなどとは、思っておられない」。すると、兵士たちが詰め寄って来て、「この軍のどこが気に入らぬ、なぜ反乱軍にされるのか」と。私は答えた、「最近の出来事を思い出してみよ。反乱を起こした者の子孫が生き残っている例があるか？」。「ない」

と兵士たち。「なのに、前の節度使を殺し、反乱を起こしたのはお前たちではないか」と私。兵士は「前の節度使はやり方がひどかったので、不満を持ったのです」と。「しかし、お前たちは、前の節度使を殺し、その家族までも殺害した。違うか」。そう私が言うと、兵士たちは口々に「兵部侍郎（韓愈）殿の言う通りです」と答えた。それを見て慌てた王廷湊は、兵士たちに下がるよう命じ、私に泣きついて、「どうしたらよろしいのですか」と聞いてきた。私が「牛元翼を包囲しているのはなぜか」と問うと、王は「すぐに包囲から出させましょう」と言う。「そうされたら、お咎めもありますまい」と私は答えた。その後、牛元翼は包囲を突破し、脱出することができたのだ（※6）。

帰朝して事の経緯を報告すると、陛下はたいへん喜ばれた。昨年の九月、私は吏部《りぶ》侍郎を拝命し、今年（長慶三年、八二三）の六月には、京兆の尹（兼御史大夫《ぎょしたいふ》）になった。就任早々、禁軍（近衛兵）の軍紀を粛正し、権威を笠に着て悪事を働いていた兵士らを牢屋にぶち込んでやったがね。みな震え上がっていたな。それが一段落したので、亡くなった娘の墓誌銘を書き始めていたんだ。では、そろそろ失敬するよ。

客人　韓愈さんて、気骨と勇気のある人ですね。私も少しは見習わないと。

サヨ　人間的な魅力があったのね、きっと。

客人　受験技術や知識だけじゃなく、人の道や生き方を指導できて、初めて本物の教師なんですよね。実践となるとなおさらハードル高いけど、頑張ろうと思いました。

サヨ　そうね。あら！　お弁当の配達に行かなくっちゃ。また後で。

注

※1　七七九～八四三年。字は浪仙。出家したが韓愈に詩才を認められて還俗。五言律詩に優れた。
※2　賈島「李疑の幽居に題す」詩。
※3　『唐詩紀事』巻四十、『鑑戒録』巻八。
※4　韓愈「女挐の壙銘」に「女挐は、……恵（さと）けれども早く死す」と。
※5　「女挐の壙銘」。
※6　『新唐書』巻一七六、韓愈伝。

調張籍

李杜文章在、光焰万丈長
不知群児愚、那用故謗傷
蚍蜉撼大樹、可笑不自量
伊我生其後、挙頸遙相望
夜夢多見之、昼思反微茫
……（中略）……
我願生両翅、捕逐出八荒

張籍《ちょうせき》を調《あざけ》る　韓愈

李杜《りと》　文章《ぶんしょう》在《あ》り、光焰《こうえん》　万丈長《ばんじょうなが》し
知《し》らず　群児《ぐんじ》の愚《おろ》かなる、那《なに》を用《もっ》てか故《ことさら》に謗傷《ぼうしょう》する
蚍蜉《ひふ》　大樹《たいじゅ》を撼《うご》かす、笑《わら》うべし　自《みずか》ら量《はか》らざるを
伊《こ》れ　我《われ》　其《そ》の後《ご》に生《う》まれ、頸《くび》を挙《あ》げて遙《はる》かに相《あ》い望《のぞ》む
夜《よる》には夢《ゆめ》に多《おお》く之《これ》を見《み》るも、昼《ひる》に思《おも》えば反《かえ》って微茫《びぼう》たり
……（中略）……
我《われ》　願《ねが》はくは両翅《りょうし》を生《しょう》じ、捕逐《ほちく》して八荒《はっこう》を出《い》でんことを

精誠忽交通、百怪入我腸
刺手抜鯨牙、挙瓢酌天漿
騰身跨汗漫、不著織女襄
顧語地上友、経営無太忙
乞君飛霞珮、与我高頡頏

精誠《せいせい》　忽《たちま》ちに交通《こうつう》して、百怪《ひゃくかい》　我《わ》が腸《ちょう》に入《い》らん
手《て》に刺《やいば》して鯨牙《げいが》を抜《ぬ》き、瓢《ひさご》を挙《あ》げて天漿《てんしょう》を酌《く》まん
身《み》を騰《あ》げて汗漫《かんまん》に跨《また》がり、織女《しょくじょ》の襄《じょう》に著《つ》かじ
顧《かえ》りみて地上《ちじょう》の友《とも》に語《かた》る、経営《けいえい》　太《はなは》だ忙《いそが》わしく無《な》からんや
君《きみ》に飛霞《ひか》の珮《はい》を乞《あた》えん、我《われ》と高《たか》く頡頏《きっこう》せよ

語釈

調張籍　「調」は、からかう。「張籍」は、韓愈の弟子にあたる詩人。古体詩に優れた。
蚍蜉　大きなアリ。
伊　調子を整える詞。
捕逐　追いかけて捕まえる。
八荒　八方の地の果て。世界の果て。
精誠　真心。

百怪　たくさんの妖怪。李白や杜甫が持っていた詩的幻想力の喩え。
刺手　手に刃を持つ。
瓢　ひょうたん。また、それを半分に割った杯。
天漿　天上の飲料。天界の美酒。
汗漫　伝説上の天界の生き物。
織女襄　織女星の乗物。「襄」は、駕《が》（乗物）の意。星（時

間）の規則的な運行の喩え。

地上友　張籍のこと。

経営　まじめに仕事をこなす。

飛霞珮　仙人が腰に付けて飛ぶ赤い飾り玉。「飛霞」は、空にただよう赤いかすみ。

頡頏　上下に飛ぶ。

通釈

李白と杜甫の文章は、この世にしかと存在し、その光り輝く炎は一万丈の高さにまで達している。それなのになぜ、愚かな小僧どもは、李・杜をそしり、名誉を傷つけるのか。蟻が大樹を揺らそうとするのと同じで、身のほどを知らぬこと、笑止千万だ。私はあいにく李・杜の後に生まれ、首をあげて遙かに二人を望み見るばかり。夜は夢でよく二人の姿を見るが、昼間に思い描く時は、かえって（姿が）ぼんやりしてしまう。（中略）願いがかなうなら、二枚の羽根が私に生えてほしい。（天上へ連れ去られてしまった）李・杜の詩を、世界の果てのその先までも追いかけ捕まえたいのだ。わが真心が、李・杜の魂と通じ合って、さまざまな化け物（のような詩的幻想力）が、私の腹《はらわた》に入ってきてほしい。そしたら手に刃を持って鯨の牙を抜き、ひさごの杯を挙げて天の美酒を酌もう。汗漫（天界の生物）に跨がって身を高くのぼらせ、織女星の乗り物（時間の運行）にも従わないのだ。そして振り返り、地上の友（あなた）にこう言おう、「俗世の仕事が忙しすぎはしないかね。君に飛霞の珮（飛ぶ力）をあげるから、高い空を私と自由に飛びまわろうではないか！」と。

解説

この詩は、元和十一年（八一六）の五月、中書舎人《ちゅうしょしゃじん》から太子右庶子《たいしゆうしょし》へ降格となった時期の作品か。時に四十九歳。前年の六月、反乱を起こしていた節度使による宰相暗殺事件が勃発した。その際に、韓愈は徹底抗戦を主張して穏健派の恨みを買い、翌年、降格処分になったという。だとすれば、政治的には「干されていた」時期であるが、逆に、文学の世界にゆったりと遊ぶことが許された時期でもあった。この詩では冒頭から、李白と杜甫の詩を、特別な存在として絶賛する。この評価は、続けて「愚かな小僧どもが、李・杜の詩をけなしている」と述べているように、当時はまだ一般的なものではなかった。李・杜を並べて高く評価したのは、韓愈がほとんど初めてだったのである。そして、詩の「中略」箇所では、「二人が生涯に作った詩は千万首もあったが、仙界の役人に持ち去られ、地上に残された詩はほんのわずかだ」と嘆いている。だから、是非とも「翼をください！」、そうしたら、この大空に翼を広げ、飛んでゆき、天界に持ち去られた李・杜の詩を捕まえて、その優れた詩的幻想力をわがものにするのだ、と歌っているのである。

韓愈は孔子や孟子が説いた儒教の道をわが道とし、弟子をとってそれを伝えようとした人であった。だから、詩聖と呼ばれた杜甫を敬愛したけれども、この詩の後半の自由奔放な詩想は、むしろ詩仙李白から学んだ発想であろう。韓愈は決してお堅い一方の人間ではなかった。それで、まじめな弟子の張籍を、この詩でちょっと、からかってみたのである。

左遷至藍関示姪孫湘

一封朝奏九重天
夕貶潮州路八千
欲為聖明除弊事
肯将衰朽惜残年
雲横秦嶺家何在
雪擁藍関馬不前
知汝遠来応有意
好収吾骨瘴江辺

左遷《させん》されて藍関《らんかん》に至《いた》り
姪孫湘《てっそんしょう》に示《しめ》す

韓愈

一封《いっぷう》　朝《あした》に奏《そう》す　九重《きゅうちょう》の天《てん》
夕《ゆう》べに潮州《ちょうしゅう》に貶《へん》せらる　路八千《みちはっせん》
聖明《せいめい》の為《ため》に弊事《へいじ》を除《のぞ》かんと欲《ほっ》す
肯《あ》えて衰朽《すいきゅう》を将《もっ》て残年《ざんねん》を惜《お》しまんや
雲《くも》は秦嶺《しんれい》に横《よこ》たわりて　家何《いえいず》くにか在《あ》る
雪《ゆき》は藍関《らんかん》を擁《よう》して　馬前《うますす》まず
知《し》る　汝《なんじ》の遠《とお》く来《き》たる　応《まさ》に意有《いあ》るべし
好《よ》し　吾《わ》が骨《ほね》を収《おさ》めよ　瘴江《しょうこう》の辺《ほとり》に

語釈

藍関　藍田県（陝西省）の関所。長安と南方を結ぶ街道に置かれ、都から約五十キロメートルの距離にあった。
姪孫　兄弟の孫。
湘　次兄の孫にあたる韓湘。
一封　一通の上奏文。「仏骨を論ずる表」のこと。
九重天　朝廷や天子をいう。
道八千　唐代の地理書では、潮州までの距離は五六二五里（約三千キロメートル）。
聖明　神聖で聡明な天子。憲宗をいう。
弊事　仏骨を尊び宮中に迎え入れること。
残年　老いぼれの年。「残」は、「くずれ、そこなわれた」の意。
秦嶺　長安の南方に連なる二〜三千メートル級の山脈。峡谷沿いに街道が通り、藍関もそこにあった。
応　当然〜にちがいない。
有意　意図がある。思いや考えがある。
好　〜するがよい。
瘴江　毒気の立ち込める南方の川。「瘴」は、多湿な南方の山川に生ずる蒸気。病気の原因と考えられていた。

通釈

一通の意見書を朝、奥深い御殿の天子に奉ったら、夕方にはもう潮州へ流されることになった、道のりは八千里。聖明な天子のため弊害を除こうとやったことだ。衰え果てたこの身で、今さら老残の余命を惜しもうか。雲は秦嶺山脈に横たわり、長安のわが家がどこか見わけもつかぬ。雪は藍田《らんでん》の関を埋め尽くし、わが馬は進もうにも進めない。だが、私にはわかる、お前（湘）が遠くここまで来たのは、きっと覚悟あってのことだろう。ならば、私の遺骨を拾うがよい、毒気立ち込める（南方の）川のほとりで。

解説

この詩は、元和十四年（八一九）の「仏骨を論ずる表」が皇帝の逆鱗に触れ、潮州刺史に左遷される、その途上、藍田関での情景を詠じた作品である。韓愈に左遷の辞令が降《くだ》ったのは、旧暦の正月十四日であった。詩によれば、「表」を奉った当日の夕刻には左遷が決定し、韓愈はただちに都を出発した。藍関は山中の関所。通常なら都から二、三日の行程だが、この時の韓愈は半《なか》ば罪人扱いである。強行軍を強いられたに違いない。それは家族も同様であって、病気の四女が道中で亡くなったことは、逸話のなかでも述べた通りである。

ところで、この詩には別の親族、「姪孫の（韓）湘」が登場する。当時、長安から南方へ旅立つ人を見送る際には、二つ目の宿場駅（灞橋駅《はきょう》）で別れるのが慣例であった。だが、韓湘はそれを越え山中の藍関まで追ってきた。それを見て韓愈は、潮州まで共に行く覚悟が彼にあることを知り、その意気に感じて、わが遺骨を拾って（故郷に埋葬して）くれと、遺言めいたことまで依頼したのであった。

ただ、この韓湘という人は、伝説のベールに包まれた人物である。中国の代表的な八人の仙人（八仙《はっせん》）の一人にもなっていて、例えばこんな伝説がある。「迷信嫌いの韓愈は、道教信者の韓湘とよく議論したが、ある時、お前は道教の術を使って花を咲かせることができるか、と問いつめた。韓湘は、お安いご用です、と答え、宴席にあった土を盆に盛り、上から籠をかぶせた。しばらく酒を酌み交わしていると、湘が、もう花が咲きましたよ、と言い、籠を取ると、牡丹のように艶美な花が咲いていたので、みな驚嘆した。韓愈が子細に花びらを見ると、小さな金文字で詩句が書いてある。『雲は秦嶺に横たわりて家何くにか在る、雪は藍関を擁して馬前まず』と。やがて韓愈は潮州に流されることになったが、藍関の雪中に現れた韓湘の姿を見て、あの詩句は今日のことを予言したものであったのか、と悟り、この詩を作った」というのである（北宋『青瑣高議《せいさこうぎ》』前集巻九「韓湘子」）。

また、日本の戦国武将稲葉一鉄《いなばいってつ》の逸話も有名である。「稲葉伊予守《いよのかみ》一鉄は、織田氏への服従を決めたが、信長はまだ一鉄を信じきれなかった。そこで茶席に招き、家臣三名を相伴《しょうばん》させて、一鉄の真意を探らせた。一鉄は悠然と茶室に入ると、掛け軸の詩句を朗誦《ろうしょう》した。『雲は秦嶺に横たわりて……馬前まず』と。三名がその意味を問うので、一鉄は詳しく解説してやった。壁越しに聞いていた信長は走り出て『そなたは無骨な武者と思っていたが、文学にかくも造詣が深いとは。疑念は解消した』と言い、三名に懐《ふところ》から匕首《あいくち》を取り出させた。一鉄も袖から一刀を取り出し、笑って言った、『私も今日、犬死にはしないつもりでした』と」（大槻磐渓《おおつきばんけい》『近古史談』巻一）

諸田センセイからの一言

韓愈は人の道を説き、時には仏罰も恐れず皇帝に意見する、剛直で強面《こわもて》な詩人に見えますね。確かに「権威を恐れず直言する」というのは中国知識人のよき伝統です。その勇気には我々も見習うべき点があるでしょう。私もそう考えて「妻に直言しなければ」と思うことしばしばですが、なかなかその勇気を持てず、まれに実行すると、たいていは後悔に終わる、というのが実情です。実は、韓愈も同じでした。直言（言い過ぎ）を後悔した詩や文章が、幾つものこっているのです。例えば、潮州へ流される途上、昌楽滝《しょうらくろう》という急流を下った時に、韓愈は川べりにいた小役人に、「潮州はどんなところかね」と尋ねます。すると小役人はあざ笑って、「潮州は、熱病の毒気があふれ、巨大なワニ鮫《ざめ》のいる、恐ろしいところ。しかし……あなたはこの太平の御代に身を慎まず、度を超えた振る舞いをした。仁義で身を飾り立て、陰謀で同僚を陥れたからこんな目にあったのです（自業自得ではありませんか）」と答えた。韓愈はそれを聞いて「確かに思い当たる節もある。潮州への流罪ですんだのは、ありがたい御恩なのだ」と述べています（「滝吏《ろうり》」詩）。これは虚構の作品でしょうが、最後の反省の弁には、皇帝への謝罪とともに自己批判が含まれていますね。

韓愈は、行動も、発言も、反省も、そのすべてに「率直な人」でした。それが時には敵を作り、時には弟子を引きつけた、彼の「持ち味」だったのでしょう。

白楽天

Hakurakuten

772年〜846年

唐代の詩人で最多の作品数を誇る。字は楽天。若い頃は政治や社会を批判する「諷諭詩《ふうゆ》」を多作したが、後半生には日常生活のささやかな喜びを詠う「閑適詩《かんてき》」が中心となった。一貫して平易な表現を用い、その作品は、国を超えて朝鮮や日本の人々にも愛された。

「仕事以外の生きがいを見つけるには？」

50代・公務員

今日は旧暦の八月十五日、中秋の名月です。夜に備え、サヨばあちゃんは駅舎でお団子作り。見事な満月を見られるといいですね。

客人　こんにちは。ご飯いただけますか？

サヨ　あら、ご飯はまだなんだけど、お団子、味見してみます？

客人　ありがとうございます。今日のお昼はお団子？

サヨ　いえ、お団子は夜。今夜は中秋の名月だから、お月様を眺めながらみんなで食べるんです。

客人　中秋の名月か……すっかり忘れていたなあ。

サヨ　お仕事が忙しいんでしょう？

客人　実は職場のストレス・チェックで、医師から「このままだと病気になりますよ。少し気分転換をしたほうがいい」と勧められて、出かけてきたんです。

サヨ　激務なんですね。

客人　ええ。霞ヶ関の官庁勤めでして、どうしてもハードになるんです。定時には帰れないし、国会の会期中や予算の時期だと、徹夜で働くことも多くて。

サヨ　官僚は国を動かすお仕事だから、やりがいはあるでしょうけどね。

客人　はい。自分が関係した法案が通った時など、とても達成感はあります。でも、このままだと病気になる、と言われてしまうと、少し生き方を変えなければいけないなって……。ライフワークバランスっていうんでしょうけど。

サヨ　あなたと同じ悩みにぶつかって、でも見事、人生を楽しく生き抜いた詩人が中国にいたわ。

客人　誰ですか？

サヨ　白楽天よ。「三五夜中《さんごやちゅう》 新月《しんげつ》の色《いろ》、二千里外《にせんりがい》 故人《こじん》（親友）の心《こころ》」って詩句、聞いたことない？

客人　あっ、源氏物語にも引用されてますね。

サヨ　さすがね。これは元和五年（八一〇）の八月十五夜に、白楽天が長安で満月を眺めながら、親友の元稹《げんしん》を想って詠んだ句なのよ。二人は科挙に同時合格して親友になったの。元稹はその後、地方長官の査察や監督を行う官僚として抜擢され、権勢を恐れず、地方官の不正を次々に糾弾したんだけど、長安への帰途、宦官の親分と宿でトラブルになって左遷されてしまったの。その年の八月十五夜に白楽天が詠んだ詩（「八月十五日夜、禁中《きんちゅう》に独《ひと》り直《とのい》して月に対し元九《げんきゅう》（元稹）を憶う」）の中にさっきの詩句があるのよ。

　当時、白楽天は三十九歳でね。翰林学士や左拾遺など皇帝の側近として抜擢され、諷諭《ふうゆ》詩と呼ばれる、社会や政治の問題点を鋭く批判した詩を多作していたの。ところが、その後、ある大事件が起こり、その巻き添えで、今度は白楽天自身が左遷されてしまった。でもね、白楽天は、そのショック、心の傷を、見事に克服して、喜びに変えてゆくのよ。

客人　へー、興味深い人ですね。会ってみたかったなあ。

サヨ　そう？　じゃ、呼んでみるわね。

サヨ　楽天さん、今お話し大丈夫？

白楽天　ちょうど元稹への手紙を書き終えて、寝るところでね。

客人　お休み前にすみません。楽天さんは左遷されても、逆境を喜びに変えた人だと、サヨさんから伺ったものですから。

白楽天　喜びに変えた？　そう、まさにそのことを今、元稹への手紙に書いたんだ。

客人　よかったら、お話を聞かせてもらえませんか？

白楽天　では、掛け布団をもう一枚重ねるから、待っていてくれたまえ。今日は四月の十日（新暦では五月初旬）、しかも夜明け前だからね、廬山《ろざん》はけっこう冷え込んだ。

客人　あ、山の中でしたか。風邪を引かないように。

白楽天　ありがとう。元稹もよく心配してくれてね。二年近く前、元和十年（八一五）に僕がこの江州に左遷された時にも、心配する手紙をくれ、彼も病気なのに、こんな詩を寄せてくれた。

「残灯《ざんとう》 焔無《ほのおな》く（人）影憧憧《かげどうどう》（ゆらめき）たり、此《こ》の夕《ゆう》べ君《きみ》（楽天）が九江《きゅうこう》（江州）に謫《たく》（左遷）せらるるを聞《き》く。垂死《すいし》の病中《びょうちゅう》 驚《おどろ》いて起坐《きざ》すれば、暗風《あんぷう》 雨《あめ》を吹《ふ》きて寒窓《かんそう》に入《い》る」。その姿を想像し、僕は胸がつまって泣きたくなった。手紙をやりとりして一年ほど経ったから、近況を知らせ安心させようと思って、今夜また新しい手紙を書いたんだ。三つのやすらぎ、「三泰《さんたい》」を挙げて、江州での暮らしがいかによいかを伝える手紙（※1）でね。まず、自分は健康で心も安らか。家族もつつがなく暮らしている。身寄りの無い幼い親族の子供たちも江州に引き取り、心配事がなくなった。これが一泰。次に、江州は気候も穏やかで住みやすく、酒食も美味い。安月給でも倹約すれば人を頼らず暮らしてゆける。これが二泰。最後は、廬山。昨年（元和十一年）の秋、僕は初めて廬山に遊び、東西二林寺《にりんじ》の間、香炉峰《こうろほう》の下に景勝地を見つけ、そこに草堂を建てることにした。草堂には僕の好きな物がすべてそろっている。これが三泰。だから微之《びし》（※2）よ、僕のことは心配しなくてもよい、と書いたんだ。

客人 廬山の草堂って、すてきな場所みたいですね。

白楽天 つい昨日、四月九日に草堂の落成式があってね。知人や東西二林寺の長老など二十二人が集ってくれて、食事や茶菓子を振る舞い、草堂の落成を祝ったんだ。そのまま居残った山僧が二人ほど、今もこの草堂で寝たり座禅を組んだりしているよ。

おや、もうすぐ夜明けだな。鳥たちが鳴き始めたぞ。僕はね、こういう自然のなか、とりわけ山のなかでの暮らしに、昔から憧れていたんだ。去年の秋、初めて廬山に遊んだ時、香炉峰を向かいに望み、遺愛寺《いあいじ》にも近いこの地に着くと、僕は立ち去ることができなくなった。まるで故郷を離れ遠くさすらっていた旅人が、故郷に立ち寄った時のように、後ろ髪を引かれてしまってね。
そこで、この場所に草堂を建てることに決めたんだ。完成したのは十日ほど前。三月二十九日から住み始めたが、実に快適だよ。間口は三間《けん》で柱が二本。二つの部屋に四つの窓。広さといい、造りといい、私の好みや財力にピッタリだ。室内には、木の椅子が四脚と、何も描いていない屏風が二張り、漆《うるし》塗りの琴が一つ。儒・仏・道の書物がそれぞれ二、三巻備えてある。仰げば廬山が見えるし、泉の音を聴くこともできる。間近に竹や木、雲や石を眺めて、朝から晩まで楽しみが尽きないんだ。草堂に一泊すれば体が安らぎ、二泊すれば心がのびやかになり、三泊した後は、酔ったように我を忘れてしまう（※3）。

客人　羨ましいです。どうすればそんな快適な暮らしができるんでしょう？

白楽天　僕が思うに、人と土地、人と物とは、互いに共鳴し呼び合って、同類のものが集まるものなんだ。本性《ほんせい》が自分と一致する土地に住み、そうした物に囲まれて暮らすこと、それが秘訣だと思う。長安のような大都会や贅沢品は、僕の本性にはマッチしない。昔から慧遠《えおん》（※4）など多くの僧侶が、終生廬山から出なかった気持ちがよくわかるよ。
僕は今回、思いがけず江州司馬《しば》になったけれど、たっぷり余暇の時間があり、廬山は素晴らしい景勝で僕を迎えてくれた。今はまだ、司馬の職につながれ、親族の世話もあるから、街の本宅と山の草堂を行き来して落ち着かないが、任期が満ちて自由になったら妻子と書物、琴を引き連れ

てこの草堂に移り住み、一生を終えてもよいと思っているんだ（※5）。

客人　江州への左遷は幸運だった、というか、逆境を幸せに転換したわけですね？

白楽天　そう。この世のたいていの出来事には、不幸の種が半分、幸福の種が半分ころがっていて、そこから意識的に幸福の種を拾って心に播《ま》けば、おのずと幸福の木が育ってゆくものだよ。僕だって長安から左遷された当初は、辛くて堪《たま》らなかったさ。

客人　長安でどんなことがあったのか、教えてもらえますか？

白楽天　あれは一昨年（元和十年：八一五）の六月三日だった。当時、僕は母の喪が明けて、太子左賛善大夫《ささんぜんたいふ》（皇太子の教育係）という閑職に就いていた。三日の未明、刺客《しかく》が宰相を都大路で暗殺したんだ。血しぶきや骨髄が飛散し、髪の毛や肉片は地面にべったりこびりついて、その惨状は口に出して言えるものではなかった。朝廷じゅうが事件に震え上がり、混乱状態になった。その時、僕はこう思ったんだ。有史以来、こんな事件はなかった。国が辱《はずかし》められたら、臣下たる者は死を顧《かえり》みず恥辱を雪《すす》がなくてはならない。今がまさにその時ではないか。もし、その場に居合わせたら、田舎にいる低い身分の臣下でも黙ってはいまい。ましてや自分は朝廷で官列に連なる身。この強い憤りを我慢はできない、とね。それで、宰相が亡くなった当日の昼に、誰よりも早く朝廷に上奏《じょうそう》文を差し出し、そのことは一両日のうちに長安中の人々に知れ渡った（※6）。

ところが、これがたいへんな物議を醸《かも》すことになってね。実は、母の喪に服する前、僕は左拾遺という諫官の職に就いていた。皇帝への助言者という立場上、時の政治の不備を上奏したり、直接言いにくい事柄は、詩に詠んで天子のお耳に入れようとした。詩によって為政者が人民の苦しみを知り、政治改革に役立てるというのは、『詩経《しきょう》』（※7）以来の、中国のよき伝統だからね。ところが、僕の詩を読み、自分が批判されていると感じた者たちが口々に騒ぎ立て、権力者や宦官、高貴な人々は、血相を変え、歯ぎしりして、売名行為だと言って僕を非難した（※8）。それと同じことが、今回、宰相暗殺事件の際にも繰り返されたんだ。事件の重大さや上奏文の内容の是非を考えもせず、僕を憎み、味方しない者たちは、こぞって「諫官がまだ陛下に何も言わないうちに、どうして太子左賛善大夫ごとき者がでしゃばって国の心配をするのか。越権行為だ」と非難し、果ては、「白楽天の母は、花を見ようとして井戸に落ちて死んだのに、花を賞《め》でる詩や、新しい井戸の詩を作ったりしている。白楽天は親不孝者だ」という話をでっちあげて陛下を惑わし、とうとう江州司馬への左遷が決まったんだ。

客人　上奏文はどんな内容だったんですか？

白楽天　宰相を暗殺したテロリストだけでなく、その黒幕、つまり、朝廷に反抗している二人の節度使を倒さなくてはだめです、と上奏したんだ。その黒幕の一人が、節度使の李師道《りしどう》だ。こいつは僕には因縁の男でね。十歳の頃、僕は父に従って徐《じょ》州の街にいたが、李師道の父である李正《りせい》己《き》が、突如、二万の軍隊で攻撃してきた。徐州の役人であった父は、市民ら千人余りを集め、自ら陣頭指揮して、矢も石も恐れず、援軍到着までの四十二日間、必死で徐州を守ったんだ（※9）。その息子の李師道が、今回の宰相暗殺事件の黒幕とあっては、個人的にもとても黙ってはいられ

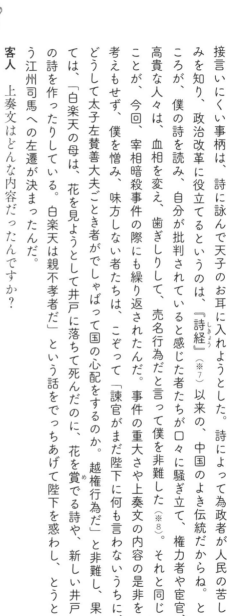

なかった。
それに、生来僕は潔癖性でね、軍閥《ぐんばつ》からワイロも受け取らないし、権力者の取り巻きにも加わらない。孤高に振る舞い、付和雷同しない僕のことを、多くの者が憎み、忌々《いまいま》しく思っていたんだ。徐州で身の危険も顧みず強敵と戦った父と同じ血が僕にも流れていて、正しいと思ったことはどこまでも貫き、真っ直ぐに突き進んでしまう。そうした様々な要因が、今回の左遷の背景にあったことは、僕自身が一番よくわかっているつもりだよ。

客人 そうでしたか。実は楽天さんのことは日本人も大好きで、『長恨歌《ちょうごんか》』（※10）は昔からとても有名です。私も学校で習いました。

白楽天 ありがとう。玄宗と楊貴妃の悲恋を詠った『長恨歌』は、三十五歳の時の作品だ。当初から評判を呼んでね。百二十句すべてを暗唱して歌える妓女《ぎじょ》は花代《ギャラ》が高くなったりしたらしい。実際、宴席に呼ばれた時など、妓女たちが僕を指さし顔を見合わせて、ねえねえ、この方が『長恨歌』を作った白様よ、などと騒がれたりしたものさ。
だけどね、詩人として名声を得た者は、実人生では困難な目に遭うことが多い。杜甫は左拾遺の官に就いただけで死んでしまったし、李白は正式な官に一度も任命されず、困窮し、やつれ果てて一生を終えた。ましてや、僕の才能は彼らに遠く及ばない。なのに、江州に左遷されたとはいえ、五品の官に就き、月給もいただいて、食うにも着るにも困らない。家族だって養うことができるのだ。幸せなことじゃないか。

客人　だから、左遷されても幸せな詩を作ることができるんですね。

白楽天　そう。僕はそうした個人の幸福を詠った詩を、「閑適詩」と呼んでいる。そしてそれを、左拾遺の頃に盛んに作った社会批判の「諷諭詩」と並ぶ、大切な作品と考えているんだ。古人に、「窮《きゅう》すれば則《すなわ》ち独《ひと》り其《そ》の身《み》を善《よ》くし、達《たっ》すれば則ち兼《か》ねて天下《てんか》を済《すく》う」（※11）という言葉があってね。「不遇の時には、ひとり自分の良心に磨きをかけ、栄達したら、天下の人々を救済する」、これが僕の座右の銘なんだ。個人の幸福を推《お》し広げていった先に、天下の幸福は実現する。以前、左拾遺だった頃の僕は、ほとんど滅私奉公。自分の存在など虫けら同然だと述べ、命はお国に捧げるつもりでいた。でも、本当はそうじゃない。個人の幸せと天下の幸せは別物ではないんだ。自分の命を大切にできない者が、どうして他人の命を大切に思えるだろうか。まず、自分の生命を慈《いつく》しみ、心を幸福で満たすことが重要なんだ。そのためには、自分で自由になることと、自分では自由にならないことを、はっきり区別することが大切だ。栄達や不遇は、自分ではどうにもならない運命。だけど、それをどう受けとめるかは、心の問題。自分の考え方次第で自由に解釈できる。だから僕は、栄達や不遇など、自分でコントロールできないことは、運命に任せて受け入れ、心の持ち方や住む場所など、自分の自由になる領域では、できるだけ幸福の種を拾い集めて心の平安を守り、自分の本性に適した環境を実現しようと努力してきたんだよ。

おや、遺愛寺の鐘が鳴り始めた。もう朝が来たんだな。では、失敬するよ。今日は昼までゆっくり寝るとしよう。

客人 謝謝《シエシエ》、楽天さん！　生きるヒントをいっぱい、いただきました。仕事とは別に、何か自分が楽しめる世界を捜してみようと思います。

サヨ よかったわ。じゃ、お団子もいっぱい食べてね。

注

※1 「微之に与うる書」。

※2 「微之」は、元稹の字。

※3 「草堂記」。

※4 三三四年～四一六年。東晋時代の僧で、中国浄土教の祖。廬山に入り、白蓮社を設立した。

※5 「草堂記」。

※6 「師皐（楊虞卿）に与うる書」。

※7 中国最古の詩集。孔子が編纂したといわれるが未詳。

※8 「元九に与うる書」。

※9 「襄州の別駕の白府君の事状」。

※10 冒頭は「漢皇色を重んじ傾国（美女）を思う」の句で始まり、最後は「此の恨み綿綿として絶ゆる期無し」の句で終わる、百二十句の長編。日本文学にも大きな影響を与えた恋愛詩の傑作。

※11 『孟子』尽心上。

香炉峰下、新卜山居、草堂初成、偶題東壁。重題。其三

日高睡足猶慵起
小閣重衾不怕寒
遺愛寺鐘欹枕聴
香炉峰雪撥簾看
匡廬便是逃名地
司馬仍為送老官
心泰身寧是帰処
故郷何独在長安

香炉峰下《こうろほうか》、新《あら》たに山居《さんきょ》を卜《ぼく》し、
草堂《そうどう》初《はじ》めて成《な》り、
偶《たま》たま東壁《とうへき》に題《だい》す。
重《かさ》ねて題《だい》す。其《そ》の三《さん》

白楽天

日《ひ》高《たか》く睡《ねむ》り足《た》りて猶《な》お起《お》くるに慵《ものう》し
小閣《しょうかく》に衾《きん》を重《かさ》ねて寒《かん》を怕《おそ》れず
遺愛寺《いあいじ》の鐘《かね》は　枕《まくら》に欹《よこた》わりて聴《き》き
香炉峰《こうろほう》の雪《ゆき》は　簾《すだれ》を撥《は》ねて看《み》る
匡廬《きょうろ》は便《すなわ》ち是《こ》れ　名《な》を逃《のが》るるの地《ち》
司馬《しば》は仍《な》お老《お》いを送《おく》るの官《かん》たり
心泰《こころやす》く身《み》寧《やす》きは　是《こ》れ帰処《きしょ》
故郷《こきょう》　何《なん》ぞ独《ひと》り長安《ちょうあん》に在《あ》るのみならんや

語釈

慵 おっくうである。気が進まない。

小閣 小さな建物。草堂をいう。

衾 掛け布団。

遺愛寺 香炉峰の北にある寺。

欹枕 枕に横たわる。枕の上に斜めに身を横たえること。

撥簾 （横になったまま）簾を跳ね上げる。

匡廬 廬山のこと。

逃名地 都の長安が「名利の地」であることと対比していう。

送老 老年の日々を過ごす。白楽天はこの時四十六歳。当時の感覚ではすでに老年期に入っている。

通釈

日は高くのぼり十分眠ったのに、まだ起きる気になれない。小さな草堂に布団を重ね寝ていると少しも寒くないんだ。枕に横たわりながら、遺愛寺の鐘の音に聴き入り、簾を撥ねあげて、香炉峰の雪を眺める。この廬山こそ、世俗の名利から逃れる絶好の地、わが司馬の官こそ、老年を過ごすにふさわしい閑職。心身ともに安らかで落ち着ける場所こそが帰ってゆくべき処《ところ》だ。（名利を追い求める連中が住みたがる）長安だけが故郷ではない。

解説

この詩は、元和十二年（八一七）の四月初旬に、廬山の草堂が完成したことを記念して作られた、五首の連作詩のうちの一首である。詩題は、「香炉峰の下に新たに山居を構え、草堂がやっと完成した。そこで東側の壁に（この五首の詩を）書き付けた」という意味。白楽天が草堂に住み始めたのは三月二十七日であり、四月九日には落成式を行っている。あるいは落成式の当日、参会者の目の前でこの五首を壁に書いたのかもしれない。

連作詩には、草堂の様子や暮らしの心構えなどが詠われているが、どの詩にも、念願の草堂がようやく完成した喜びと高揚感、暮らし方への決意がみなぎっている。特にこの「其の三（全体では第四首）」は、『枕草子』（二五六段）の逸話とともに、古文の教科書でも紹介され、昔から日本人に広く親しまれてきた作品である。清少納言は、中宮《ちゅうぐう》定子の「香炉峰の雪はいかならん（どうでしょうね）」という言葉を聞き、女性らしく「御簾《みす》を高く捲《ま》き上げ」たが、実はおじさんの白楽天は、枕に身を横たえたまま「簾《すだれ》を撥《は》ねあげ」、香炉峰の雪を眺めたのであった。

この詩を詠じた白楽天の心境については、様々な解釈がある。実は白楽天は、長安にたっぷり未練があって、帰りたくて仕方ないのだが、やせ我慢をして「長安ばかりが故郷ではない」とうそぶいてみせたのだ、と見る人も多い。確かに彼は、江州に左遷されたことを悲しみ、都を離れ遠く漂泊するわが身を嘆く詩を、何首も詠んではいる。しかし、そうした感情の二面性は誰にでもあること。白楽天が非凡なのは、そうした悲嘆やマイナスの感情を、プラスの状況や感情に転換する、柔軟な発想と強靱な意志力を身につけていた点にある。例えば、この詩では「真の故郷とは何か」がテーマとなっている。あなたの故郷は？と聞かれれば、「どこそこです」と、場所や地名で答えるのがふつうだろう。しかし、白楽天は発想の転換をする。「真の故郷」とは「心身ともに自分が一番リラックスできる場所」のこと。だとすれば、この「廬山の草堂」こそが、自分にとっては故郷だ、と言うのである。生まれ育った土地ではなく、心身ともに安らげる環境こそが「故郷」。だとすれば、白楽天にとって、滅私奉公と誹謗中傷によって心身ともに疲れ果てた都長安、名利を争う者たちが好んで住みたがる百万都市は、「真の故郷」とはまったく逆の「反故郷」であった。この詩に、長安への強い意識が表れていることは確かだが、それは対抗心や反発、違和感なのであって、未練や親近感ではない。第一、これから草堂に存分住めるぞ、という喜びの時に、本当は長安が恋しいけど……、なんて詩は詠まないはずである。

廬山の草堂が完成した約二年後、元和十三年（八一八）十二月に、白楽天は江州を離れ、やがて長安にも呼び戻される。だが、その後、彼が永住の地に選んだのは、長安ではなく洛陽であった。白楽天はそこに、廬山の草堂と同じく「心泰く身寧き」故郷の地を見出し、自らの本性に適した住まいを築きあげて、悠々と、その晩年を生き抜いたのであった。

売炭翁　苦宮市也

売炭翁
伐薪焼炭南山中
満面塵灰煙火色
両鬢蒼蒼十指黒
売炭得銭何所営
身上衣裳口中食
可憐身上衣正単
心憂炭賤願天寒
夜来城外一尺雪
暁駕炭車輾氷轍
牛困人飢日已高

売炭翁《ばいたんおう》　宮市《きゅうし》に苦《くる》しむなり　　白楽天

炭《すみ》を売《う》る翁《おきな》
薪《たきぎ》を伐《き》り炭《すみ》を焼《や》く　南山《なんざん》の中《うち》
満面《まんめん》の塵灰《じんかい》　煙火《えんか》の色《いろ》
両鬢蒼蒼《りょうびんそうそう》　十指黒《じっしくろ》し
炭《すみ》を売《う》り銭《ぜに》を得《え》て　何《なん》の営《いとな》む所《ところ》ぞ
身上《しんじょう》の衣裳《いしょう》　口中《こうちゅう》の食《しょく》
憐《あわれ》むべし　身上《しんじょう》　衣《ころも》　正《まさ》に単《ひとえ》なり
心《こころ》に炭《すみ》の賤《やす》きを憂《うれ》え　天《てん》の寒《さむ》からんことを願《ねが》う
夜来《やらい》　城外《じょうがい》　一尺《いっしゃく》の雪《ゆき》
暁《あかつき》に炭車《たんしゃ》に駕《が》して氷轍《ひょうてつ》を輾《きし》らしむ
牛困《うしつか》れ　人飢《ひとう》えて　日已《ひすで》に高《たか》く

市南門外泥中歇
翩翩両騎来是誰
黄衣使者白衫児
手把文書口称勅
迴車叱牛牽向北
一車炭　千余斤
宮使駆将惜不得
半疋紅紗一丈綾
繋向牛頭充炭直

市《し》の南門外《なんもんがい》　泥中《でいちゅう》に歇《やす》む
翩翩《へんぺん》たる両騎《りょうき》　来《き》たるは是《こ》れ誰《た》れぞ
黄衣《こうい》の使者《ししゃ》と白衫《はくさん》の児《じ》
手《て》には文書《ぶんしょ》を把《と》り　口《くち》には勅《ちょく》と称《しょう》し
車《くるま》を廻《めぐ》らし牛《うし》を叱《しっ》し　牽《ひ》いて北《きた》に向《む》かはしむ
一車《いっしゃ》の炭《すみ》　千余斤《せんよきん》
宮使《きゅうし》　駆《か》り将《も》ちて惜《お》しみ得《え》ず
半疋《はんぴき》の紅紗《こうさ》　一丈《いちじょう》の綾《あや》
牛頭《ぎゅうとう》に繋《か》けて炭《すみ》の直《あたい》に充《あ》つ

語釈

南山　終南山のこと。長安の南、約三、四十キロメートルにある山脈の一部。

一尺雪　唐代の一尺は、約三十一センチメートル。

市南門外　長安には東市・西市の二つの市場があった。「市」を長安市街と解する説もある。

黄衣使者　「黄衣」は、天子の服の色。宦官が天子の勅使であることを示す。

勅　皇帝の命令。

千余斤　六百キログラム以上。一斤は、約六百グラム。

半疋　約六メートル。

一丈　約三メートル。

直　「値」と同じ。

通釈

炭売りのじいさん、薪をきり炭を焼いて終南山で暮らしている。顔じゅう塵や灰にまみれ、すすけた色。耳ぎわの毛は白髪《しらが》まじりで、十本の指はまっ黒だ。炭を売って得たお金、それで身につける服と食べ物を買う。気の毒に、冬でも着ているのは単衣《ひとえ》一枚。なのに、炭の値段が安くなることを心配し、寒くなれよと願っている。（折しも）昨晩、長安の郊外に一尺も雪が積もった。（今日だ、とばかりに）明け方、炭車に牛を繋ぎ、凍てつく路をぎしぎしと引かせていく。（やがて）牛は疲れ、じいさんも腹が減った。太陽はもう空高い。一息つこうと、市場の南門の外側、（雪解けの）泥の中で休憩をとった。

と、そこへ、飛ぶように駆けつけた二人の騎馬の男。いったい何者？　黄衣をまとった宦官と、白衣を着た手下の若者だ。手に命令書を握り「勅命である」と叫んで、（じいさんに）炭車の向きをかえさせ、牛を追い立てて、（宮殿のある）北の方へと引かせてゆく。

車いっぱいの炭は、六百キログラム以上。だが、宮市《きゅうし》使《し》の宦官に駆り立てられ、持ってゆかれたら、もう惜しんでもどうにもならない。（立ち去りぎわ）半疋《はんぴき》の紅《あか》い紗《うすぎぬ》と、一丈の綾《あやぎぬ》、そんなわずかな古絹《ふるぎぬ》を牛の頭にかけ、炭の代金に充てよ、とは。（ひどい話ではないか。）

解説

「売炭翁」は、白楽天が「左拾遺」という皇帝の側近兼アドバイザーであった折りに書いた、五十首の連作詩「新楽府《しんがふ》」のなかの一首である。時に三十八、九歳であった。「新楽府」は、その序文に「君のため、臣のため、民のため、物のため、事のために作ったのであって、文飾のために作ったものではない」と述べ、政治の改善に役立てるための作品であることを明確にしている。ただし「文飾のために作ったものではない」とはいえ、物語としても面白く、表現もわかりやすい。

この「売炭翁」には、「宮使に苦しむなり」という白楽天の自注がある。「宮使」とは、宦官が「宮市使（宮中の物資調達係）」となり、数百人の「白望《はくぼう》（白衣の実働部隊）」を使って、めぼしい商品を見つけると、ただ同然の安値でそれを巻き上げた悪習を指す。白楽天が生きた中唐以降、宦官の勢力が増大し、こうした横暴、略奪が頻発していた。その苦しみを、庶民になりかわって詩に詠じ、皇帝や為政者に改善を訴えているのである。「新楽府」は、現代の現地報告《ルポルタージュ》や報道番組の精神を先取りするような文学であった。

諸田センセイからの一言

「新楽府」など白楽天の諷諭詩は、政治や社会の問題点、なかでも庶民や弱者の悲惨な実情を、為政者に知らしめることを目的とした作品でした。それは、庶民や弱者に深く同情を寄せる白楽天の「他者愛」、「もののあわれを知る心」から生まれたものです。その一方で、彼は、自分自身の生命の充実を希求した「自己愛」の強い詩人でした。自己の本性に適した環境に住みたい、という「故郷」の希求は、その典型的な一例でしょう。ただし、重要な点は、白楽天の自己愛は、排他的なものではなく、他者愛と根源を同じくする、「広く深い自己愛」であった、という点です。例えば、彼は「新しく作った綿入れに包まれて、自分一人が暖かく」なった時に、「大きな綿入れを作って、同じ暖かさで万人を包んであげたい」という発想の詩を、繰り返し詠じています。白楽天の自己愛は、他者愛と同じ泉から生まれ出たものであり、生きとし生けるもの、すべての生命の充実を願う、大きな愛の思想を背景に持っているのです。これは現代を生きる私たちにとっても、自分の人生や、社会のあるべき姿を考えるうえで、大切な視点ではないでしょうか。

白楽天は、玄宗と楊貴妃の悲恋を詠った『長恨歌』の作者として特に有名ですが、そうした作品も含めて、彼は「愛の詩人」であったと、みることができるのです。

魚玄機

Gyogenki

843年頃〜868年頃

娼家に生まれ、その詩才が都で評判を呼び、やがて高級官僚の妾《めかけ》となるが旅先で捨てられてしまう。長安に帰って女道士となったが、最期は嫉妬から侍女を殺害し処刑された。森鷗外の小説『魚玄機』の主人公。情熱的な恋の詩を多く詠んだ。

「嫉妬って、やめられないものでしょうか。」

30代・接客業

秋も深まり、駅舎の木々も美しく紅葉しました。遠く山々にSLの汽笛が響きます。サヨばあちゃんは、山芋をすりおろし、さつま芋をふかしているようです。

客人　あの、サヨさんですか？

サヨ　はい、いらっしゃい。今日のお昼は山芋汁と石焼き芋よ。大丈夫？

客人　ワーイ、そんなお料理、食べるの久しぶりです。嬉しい。

サヨ　ふだんは洋食なの？

客人　まあ、お客さん次第です……実はわたし銀座でホステスをしているので、食事は外食が多くて。

サヨ　そう、きれいな人だなと思ったけど……じゃ、おもてなしのプロね。

客人　ありがとうございます。でもやっぱり、裏ではドロドロしたことがあって。今日はちょっと心のお洗濯に出かけてきたんです。

サヨ　美人はたいへんね。

客人　まあ、わたしのことを大切にしてくださるお客さんもいるんですけど、その方、別のホステスさんともお付き合いがあって。同じ店なので、嫉妬というんでしょうか、色々いじめられたり、なじられたり。もう、殺されかねないなと感じることもあって……。あら、ごめんなさい、こんなお話して。

サヨ　昼ドラじゃないけど、嫉妬は怖いものよ。中国にもね、素晴らしい詩才に恵まれたのに、嫉妬にかられて事件を起こし、人生をフイにしてしまった女詩人がいたわ。

客人　女性の詩人？

サヨ　そう、魚玄機という人よ。

客人　あっ、聞いたことあります、その名前！　確か森鷗外が小説に書いていますよね？

サヨ　あら、よく知ってるわね。

客人　以前、お客さんから小説の内容を聞いたことがあるんです。銀座は教養ある方が多いので

サヨ　そう。でもね、鷗外の小説は、実際の魚玄機さんとは少し違うように描かれているの。初恋の相手とは恋の喜びを知らなかったかのように、鷗外は書いているけどね、実際の彼女は、初めから恋の情火に身を焼くタイプの女だった。そうでなければ、あんな詩は書けないわ。

客人　どんな詩を書いたんですか？

サヨ　彼女の詩は五十首が伝わるけど、そのなかには激しい恋情を詠んだ詩がたくさんあるの。「無《む》価《か》の宝《たから》を求《もと》むることは易《やす》きも、有心《ゆうしん》の郎《ろう》を得《う》ることは難《かた》し」（「鄰女《りんじょ》に贈《おく》る」詩）という句は、中

国では広く知られている彼女の名吟よ。「値段をつけられないほど高価な宝物でも（わたしなら）簡単に手に入るけれど、真心《まごころ》から愛してくださる男性は、見つけることがほんとうに難しい」という意味。

客人 銀座でホステスをしていると、その句の意味はとてもよくわかります。会ってみたかったなあ、魚玄機さんと。

サヨ そう？ じゃ、呼んでみるわね。

魚玄機 ごめんなさい。ちょっと失礼するわ。……モシモシ？

サヨ 今お電話大丈夫？

魚玄機 実は、京兆府（都庁）の役人から取り調べを受けているの。

客人 あ、ごめんなさい。じゃ、またにしますね。

魚玄機 次はもうお話しできないと思うわ。わたしたぶん処刑されるから。

客人 え、どうして!?

魚玄機 電話を切らないでおくから、聞いてなさいよ。

役人 よいか、訴えによるとな、お前が住んでいた道観（道教の寺院）の部屋の裏庭を掘り起こしたところ、お前の侍女緑翹《りょくぎょう》の遺体が発見されたそうだ。お前が殺して埋めた、それで間違いないな？

魚玄機 ええ、間違いないわ。

役人 なぜ殺した？

魚玄機 わたしの彼氏を奪おうとしたからよ。

役人 どういうことだ？ 詳しく話してみろ。報告書を書かなくてはならんからな。

魚玄機 仕方ないわね。そちらもお仕事でしょうから、話してあげるわ。

緑翹はね、頭のよい、美しい娘《こ》だった。その日、わたしは隣の道院からお招きがあって、出かける前、彼女を戒めて言ったの、「この建物から出てはいけない。もしお客さんが来たら、先生はどこそこにいらっしゃいますと言いなさい」と。ところが、その日は思いがけず、女道士仲間に引き留められ、やっと日暮れ時になって帰ってくることができた。緑翹は門でわたしを出迎え、「お客様がいらっしゃいましたけれど、先生がご不在と知って、馬から下りず、そのままお帰りになりました」と言ったの。客というのは、わたしがお付き合いしている彼氏だった。それで、ピンと来たのよ、この娘、わたしに嘘をついてる。彼と浮気したに違いないって。

夜になって、わたしは部屋に灯火を点《とも》し、緑翹に中に入るよう命じてドアに鍵をかけた。それで、彼との関係を問いただしたの。あの娘は言ったわ、「先生の身の回りのお世話をさせていただいて数年になりますが、こうした疑いを持たれないよう、自ら身を慎み、気をつけて参りました。このたびは先生のお気持ちに背くようなことになってしまい、まことに申しわけありません。しかし、お客様がいらした時、ドアを敲《たた》かれましたので、私はドアを閉じたまま『先生はご不在です』とお応えしました。するとお客様はそのまま黙って馬にむち打ち、お帰りになったのでございます。もし先生が男女の情愛のことをお疑いであれば、わたくし、そのような気持ちはもう何年も胸に抱いたことはございません。お願いです、先生、どうかわたくしをお疑いにならないでください」と。それを聞いて、わたしはむしょうに腹が立った。そんな嘘が通じると思う？　だから、あの娘を裸にして、何百回もむち打ったわ。でも彼女は「そんなことはありませんでした」と繰り返すばかり。そのうち全身の力が抜けて、弱りきってしまった。「お水をください」と言うから渡すと、その杯の水を地面に注ぎながら、誓いを立ててこう言ったの、「先生は、道教の悟りをお求めになってはいるが、未だに男と寝る喜びを忘れられず、無実の私にありもしない罪を押しつけている。私は今殺されようとしているが、もし天がなければ訴えどころもない。だが、もし天があるならば、誰がこの私の強い魂の力を押さえつけることができようか。必ず冥界でうごめいて、お前の淫乱を許さない！」と。そう言い終わるや、倒れて死んでしまった。さすがにわたしも怖くなって、裏庭に穴を掘り、遺体を埋めたの。今年（咸通《かんつう》九年：八六八）の正月のことだったわ（※1）。

役人　よし、わかった。では報告に行ってくるから待っておれ。お前は二十六歳であったな。助命の嘆願書がたくさん届いているそうだが、今の京兆尹（都知事）様は厳しいお方だから……。

客人　モシモシ、魚玄機さん。嫉妬があまりに激しいので、驚いてしまって。

魚玄機　そう？　幸せな家に生まれ育ったら、わたしの気持ちはわからないでしょうね。

わたしはね、平康里《へいこうり》（長安の芸者街）の娼家《しょうか》で育ったのよ。お父さん、お母さんと呼ぶ人はいたけれど、それは芸者置屋の亭主と女将《おかみ》。結局、わたしのことは「金の成《な》る樹（揺金樹《ようきんじゅ》）」としか見ていないわ。無償の愛で抱きしめ、わたしに尽くしてくれる、本当の母親には恵まれなかった。わたしは真実の愛に飢えて育ったのよ。

でもね、娼家には官僚や青年知識人がたくさん出入りして活気があった。そのお相手ができるように、芸者（妓女）のお姉さん方はみんな、はやりの詩を覚えたり、文学の勉強をして会話を磨いていたわ。わたしも詩が大好きでね。当時流行していた白楽天の『長恨歌』とか、そんな恋の詩をいっぱい暗記した。そのうちに自分でも詩を書くようになって、素晴らしい才能だと、長安の風流人の間で評判になったの。

やがて成長したわたしに、言い寄ってくる男たち。そのなかに李億《りおく》さんがいたわ。彼は当時、皇帝のおそばに仕える高級官僚で、四十歳くらい。名門の生まれで、もちろんお金持ちよ。その彼が、莫大なお金を用意して、わたしを妾にほしいと言ってきたの。大金を前に両親は大喜び、わたしもまんざらではなかった。李億さんは、あの有名な詩人温庭筠《おんていいん》のお友達だから、きっと詩のよさを理解できる情の深い人、わたしを大切にしてくれるに違いない、そう思って、妾になることを承知したの。

実際、子安《しあん》——これは彼の字よ——は、わたしを夢中で愛してくれたわ。わたしも片時も離れたくなくて、彼が山西《さんせい》の実家に帰省する時にも一緒に旅立ったの。山路は険しかったけれど、なんだか新婚旅行のようで楽しかった。でもね、彼の実家は名門の家柄。息子が妾を連れてきたことを、うるさく言う人がたくさんいたの。それで仕方なく、わたしだけが一足先に長安へ戻ることになった。愛する子安と離れ、厳冬の時節、ひとり長安に戻る旅の辛さ。わたしはその気持ちを一篇の詩にして彼に贈ったわ。

「山路は険しく、石段は危険。そんな旅の苦しさよりも、あなたに会えないことが苦しい。氷が溶け遠くを流れる谷川、その清らかな響きは、あなたのお声。雪を戴く遠い寒山、その輝く峰は、あなたのお姿。どうか、春につまらぬ（女の）歌を聴いて、お酒を飲み過ぎませんように。夜にくだらぬ客を招いて、ゲームに夢中になり過ぎませんように。愛は、松や石のように、永遠に変わらないと誓い合いましたね。二人は、比翼連理《ひよくれんり》のようにいつも一緒と約束したのですから、またすぐにお会いできるはず。今日この冬の最後の日に、ひとりで旅するのはとても残念。でも結局、月がまた丸く円満になる頃には、お目にかかれることでしょう。お別れに際し差し上げる身代わりの品は持ちませんが、お贈りします、清らかな涙の光が落ちた、この一篇の詩を」（※2）

わたしはこうして、ひとり長安に戻ったけれど、春が過ぎ、夏が過ぎても、子安はなかなか帰ってこなかった。独り寝の寂しい時間、わたしはあれこれ考えてしまったわ。本当はわたしを愛していないのではないか。結局は奥さんが一番なのだろう。もしかしたら帰省中、好きな女ができたのかもしれない……。そう考えるといたたまれず、一刻も早く子安に会いたくなって、手紙代わりに、こんな詩を送ったこともあった。

「氷を飲んでも、キハダ（漢方薬）を食べても、恋の情火は鎮《しず》められません。あなたのいらっしゃる場所が、夜ごと夢に現れるの。……手紙を運ぶという鯉を釣りたいと、一日中、川辺をさまよっていますが、どこに行っても見つかりません、あなたからのお便りは」（※3）

客人　愛していたんですね、子安さんのことを。恋の喜びを知らなかった、だなんて。

魚玄機　子安が戻ってきた時には、もう二度と離れたくないと思ったわ。だからその後、彼が新しい南方の任地（※4）へ向かうことになった時にも、絶対一緒に行こうと思ったの。長安出発の際には、温庭筠さんも見送りに来てくれた。

さすがは「温八叉《おんはっさ》」よ、八回腕を組みかえる間に詩を一首作れる、と言われた詩人だけに、あっという間に送別の詩を二首詠んでくれたわ（※5）。一首目には、子安をからかって、「これまで君とどちらが女にモテるか、情戦（恋の戦い）を繰り返してきたが、今日は君に完敗したことを認めよう。（こんなすてきな彼女をゲットしたんだから）」と言い、二首目には、こう書いてあった。

「君とは幼なじみで兄弟のように親しいが、いつまた逢えるのか、私は悲しくてならない。しかし君は今日、綺麗どころをそろえて送別の宴を開き、美しい旗を立てて（彼女と二人）長江のほとりの街へ栄転の旅立ちだ。でも、彼女は正妻ではないから、旗を一本しか立てられない。それがさぞ残念だろうね（※6）」

そうよ、この時わたしはほとんど正妻と同じ気持ちだったし、付き人たちも、「奥様、奥様」と言って接してくれたわ。でも結局、子安は捨てたのよ、わたしを、旅先で。どうしてなのか、未だに理由はわからない。

客人　ひどい！　旅先で捨てるなんて。

魚玄機　仕方なく、わたしはひとり長安に帰り、咸宜観《かんぎかん》に入って、女道士として暮らし始めた。咸宜観はね、もとは皇帝の私邸で、のちに道観（道教の寺院）になったところ。咸宜公主《かんぎこうしゅ》（公主は皇帝の娘）が入道されてからは女性専用となって、長安の士大夫《したいふ》の娘で女道士になりたい者は、みな咸宜観に入ったの。わたしは十六歳の頃から、道教の清虚《せいきょ》（欲望をとりさった清らかな心境）に憧れてきたから、ある意味、夢の実現よね。でも、わたしが咸宜観に入ったのは、まだ二十歳になるかならないかの時。道教の修行に勤めようと心では考えても、体のほてりを抑えることはできなかった。「先生は、道教の悟りをお求めになってはいるが、未だに男と寝る喜びを忘れられないでいる」と緑翹が言ったのは、あたっているの。

子安には捨てられ、わたしを抱いてくれる人もなく、むなしく年老いてゆくばかり……。そんな悶々《もんもん》とした日々に、現れたのよ、新しい彼氏、李近仁《りきんじん》さんが！　イケメンで、将来出世もしそう。何よりも、わたしにまた恋の喜びをもたらしてくれる男。一度男に捨てられた女が、女盛りを過ぎてから二度目の男を捕まえた時、どんな気持ちになるか、あなた、わかる？「この男にわたしの一生がかかっている、今度は決して逃がさない」、そう思うものよ。少なくともわたしはそうだったわ。その彼を、緑翹は奪おうとした。だから許せなかったのよ。
あ、役人が戻ってきたわ。じゃ、切るわね。さよなら。

客人 わあ、魚玄機さんて本当に情熱的。でも、ちょっと恋の情火が激しすぎて……。
サヨ アチチ、あら、さつま芋が、焦げちゃったわ。
客人 わたしも嫉妬の火で焼かれないように、気をつけます！
サヨ そうね。じゃ、山芋汁からどうぞ。
客人 ワーイ、いただきまーす！

◇◇◇

注
※1 『三水小牘』（『太平広記』巻一三〇・報応類「緑翹」）。
※2 「春情、子安に寄す」詩。
※3 「情書、李子安に寄す」詩。
※4 湖南省の岳州か。
※5 温庭筠「春日、岳州の従事李員外に寄す」詩。
※6 官僚が任地に赴任する際、夫人同伴であれば二本の旗を立てた。

遊崇真観南楼、観新及第題名処

雲峯満目放春晴
歴歴銀鉤指下生
自恨羅衣掩詩句
挙頭空羨榜中名

崇真観《すうしんかん》の南楼《なんろう》に遊《あそ》び、
新及第《しんきゅうだい》の題名《だいめい》の処《ところ》を観《み》る

魚玄機

雲峯《うんぽう》　満目《まんもく》　春晴《しゅんせい》を放《はな》つ
歴歴《れきれき》たる銀鉤《ぎんこう》　指下《しか》に生《しょう》ず
自《みずか》ら恨《うら》む　羅衣《らい》の詩句《しく》を掩《おお》うを
頭《こうべ》を挙《あ》げて空《むな》しく羨《うらや》む　榜中《ぼうちゅう》の名《な》

語釈

崇真観 長安にあった道観（道教の寺院）の名。
新及第 新しく進士科の試験に合格した人たち。
題名 寺院などの壁に名前を書き付ける。
放春晴 輝く春の光景。科挙の合格発表は春に行われ「放《ほう》榜《ぼう》」と呼ばれた。
歴歴 明らかに。はっきりと。

銀鉤 文字が力強く角《かく》が明確であること。力強い楷書。
汶汶 暗く汚れたさま。
指下生 筆を持つ指の下から（文字が）生まれてくる。
羅衣 薄絹の着物。女性の美しい衣裳をいう。
榜 合格者の名を公示する立て札。合格発表の掲示板。

通釈

（楼上から見渡せば）はるかに雲の峰。晴れ渡った春の風景が、まぶしいほどの輝きを放っている。（今、楼の壁には）達筆な代表者の手によって（合格者の氏名が）くっきりと、力強い楷書の文字で記されてゆく。ああ、わたしは女、薄絹の袖を振りつつ、いくらよい詩を書いても、合格者にはなれない運命《さだめ》。ただ頭を挙げ、むなしく羨みながら、掲示板に記された名を眺めるほかないのだ。

解説

詩題は「崇真観に行き、南楼に登って遊んだ際、新たに進士科の試験に合格した人たちが、名前を書きつけているところを見て」という意味。まだ若い頃、李億の妾となる以前の作とされる。十六歳で道教に興味を持ったというから、十代後半の作品か。

科挙には様々な試験科目があったが、なかでも進士科は最難関とされ、毎年の合格者は多くても三十名前後。超エリート集団である彼らは、合格発表後、しばらく一団となって行動する。彼らが繰り広げる様々な祝賀行事は、首都長安の春を彩る一大イベントであった。彼らはまず、試験の最高責任者（知貢挙《ちこうきょ》）の自邸を訪問して感謝を述べ、師弟関係を結ぶ。次いで宮中へ出向き、宰相らに「私どもはこのたび合格させていただき……感激にたえません」などと挨拶する。こうした堅苦しい行事が何日か続いた後は、いよいよ盛大な祝宴である。会場は、長安城（市街）東南隅の曲江池。新合格者たちは、池に船を浮かべ、無礼講の「大コンパ」を楽しんだ。宮廷から楽団や妓女が派遣され特別料理が供される豪勢な宴会であったから、長安中から見物客が集まり、なかには娘の婿を物色する権力者の姿もあった。一連の宴会が終わると、新進士たちは、近くの慈恩寺《じおんじ》の大雁塔《だいがんとう》に立ち寄り、塔の壁に一同の名を書きつらねるのが恒例であった。その際、筆を執ったのは、合格者中、最も達筆とされた者一名であったという。慈恩寺以外の場所でも同じことが行われ、魚玄機はまさに、崇真観において、その場面を目撃したのであった。

元《げん》・辛文房《しんぶんぼう》の『唐才子伝』（巻八）は、この詩を引用した後で、次のように評している。「その志意《しい》を見《み》るに激切《げきせつ》。一男子《いちだんし》たらしめば、必《かなら》ず有用《ゆうよう》の才《さい》ならん（詩に表れた魚玄機の意志は、激しく切迫している。もし男子であったら、必ず有用な人材となったであろう）」と。同様に、森鷗外も小説『魚玄機』で「玄機が女子の形骸〔容姿〕を以て、男子の心情を有していたことは、此詩《この》を見ても推知することが出来る」と述べている。

中国で科挙制度が始まったのは、唐に先立つ隋《ずい》王朝の時代、六世紀末のことであった。以後、約千三百年にわたって存続し、高級官僚となるべき人材を供給し続けてきた。そもそも皇帝が有能な人材を全国から抜擢して独裁権を強化し、貴族の勢力を抑えるために導入された制度であったから、その門戸《もんこ》は、農民や一般市民にまで広く開放されていた。原理的には、実力さえあれば誰でも、自分が宰相となる夢を抱くことができたのである。だが、その長い科挙の歴史において、女性には断固一貫、受験資格が与えられることはなかった。女に生まれると同時に、科挙合格の夢は禁じられ、高級官僚への道は閉ざされたのである。男女平等の試験制度が実現するのは、千年以上も後のことであった。

この詩には、そうした魚玄機の悔しさ、男への嫉妬が、激しくにじみ出ている。自分の詩は、男たちと比べ少しも劣っていない、そうした強い自負心が彼女にはあった。彼女の負けん気や嫉妬心の強さは、男に負けない優れた詩を作る原動力になったと同時に、恋敵を殺害する事件を引き起こさせた性格的要因でもあっただろう。人間の長所と短所は、紙一重、表裏一体なのである。

送別

秦楼幾夜愜心期
不料仙郎有別離
睡覚莫言雲去処
残灯一醆野蛾飛

送別《そうべつ》　魚玄機

秦楼《しんろう》　幾夜《いくよ》か　愜心《きょうしん》を期《き》せしも
料《はか》らざりき　仙郎《せんろう》　別離《べつり》有《あ》らんとは
睡《ねむ》り覚《さ》めて　言《い》う莫《な》し　雲《くも》去《さ》りし処《ところ》
残灯《ざんとう》　一醆《いっさん》　野蛾《やが》　飛《と》ぶ

語釈

送別　別れて行く人を見送る。

秦楼　長安の高楼。秦の穆公《ぼくこう》のむすめ弄玉《ろうぎょく》と蕭史《しょうし》の故事。二人は結婚したが、やがて蕭史は龍に乗り、弄玉は鳳に乗って天に昇った。

愜心　心にかなう。満足する。

仙郎　夫の李億のこと。仙界に昇天した蕭史に喩える。

雲去処　「雲」は、「雲雨」と同様、男女の情交を暗示する言葉。

残灯　損なわれ消えかかった灯火。

醆　灯芯と油を入れる小皿。

野蛾　野外から室内に入り込んだ蛾。

通釈

あの昔の恋人たちのように、都会の摩天楼で幾晩も心から満ち足りた時を重ねたわたしたち。それなのに、まさかあなたがわたしから離れてゆくなんて。愛のまどろみから覚め、言葉もなく部屋を眺めれば、恋人は雲のかなたに去りゆき、室内にはただ消えかかった灯火が一つ。その炎に、今にも飛び込みわが身を焼こうとしている野蛾。――あの蛾は、わたし。

解説

この詩は、李億との別れがもはや避けられないことを悟った魚玄機が、去ってゆく夫（李億）に詠み送った詩である。「秦楼」は「長安の高楼」だが、時空を広げて「都会の摩天楼」と訳してみた。この詩を読むと「飛んで火に入る夏の虫」という慣用句が思い浮かぶ。自ら災いの火中に飛び込む危険を表現した句だが、想像してみれば、凄惨《せいさん》な光景である。同様に、この詩の最終句

「残灯一醆　野蛾飛ぶ」は、あたかも将来、嫉妬の情火にのまれ、わが身を滅ぼすことになる運命を、すでに予見していたかのような表現であろう。

魚玄機はなぜ李億に捨てられたのか。その理由は、彼女自身わかっていない。長安で温庭筠らに見送られ、南方の任地（湖南省の岳州）へ、第二の旅に出た李億と魚玄機。彼女の詩を見るかぎり、二人は、長江の中流、武漢《ぶかん》（湖北省）の街に着くまでは、楽しい旅を続けていたようである。ところが、ある夜、李億は舟から上がり、町へ出かけたまま、ついに再び彼女のもとへ帰ってくることはなかった。その理由は、謎と言うほかはない。『唐才子伝』（巻八）には「夫人妬《と》して容《い》るる能《あた》わず」とある。想像をたくましくすれば、魚玄機を妾とした後、李億は長らく正夫人の嫉妬に手を焼き、同時に、魚玄機の嫉妬にも苦しんできた。その板挟みの圧力が、ちょっとした痴話《ちわ》げんかなどをきっかけに、彼女との関係を断ち切る行動へと、李億を走らせたのかもしれない。常に一緒の旅行中、「わたしのこと本当に愛してる？」「奥さんが一番でしょ？」「本心を言って」などと繰り返されたら、息もつまるだろう。男女の「愛するがゆえの闘争」は、古今東西を問わない。あるいは内心、彼女の性格や肉体に飽きていた（うんざりしていた？）李億が、町で出合った女に新鮮な魅力を感じ、そちらに走ったか。いずれにせよ、旅先で妾の女性を捨てるなんて、許せない男である。そんなヤツ、こちらから捨ててしまえ！　というのは、これまた、けしからん男（私）の発想かな？

魚玄機の他の詩を読むと、彼女は恋人への未練をなかなか断ち切れないでいたらしい。しかし、李億の心がもはや自分には無いことを、彼女自身、認めざるを得ない時が、やがて巡ってきた。その際の心情を詠んだ詩が、この「送別」と題する作品である。

その後、長安の咸宜観に入り女道士となった魚玄機は、「夜夜《よよ》灯前《とうぜん》に白頭《はくとう》ならんと欲《ほっ》す」（「秋怨《しゅうえん》」詩）と、美貌がむなしく衰《おとろ》えてゆくことを嘆く詩を詠んでいる。そんな彼女の前に現れたのが、第二の恋人、李近仁であった。彼が自分の部屋に来てくれた喜びを、魚玄機は次のように詠っている。

今日喜時聞喜鵲
昨宵灯下拝灯花
焚香出戸迎潘岳
不羨牽牛織女家

今日《こんにち》　喜時《きじ》に　喜鵲《きじゃく》を聞《き》き
昨宵《さくしょう》　灯下《とうか》に　灯花《とうか》を拝《はい》す
香《こう》を焚《た》き　戸《こ》を出《い》でて　潘岳《はんがく》を迎《むか》う
牽牛織女《けんぎゅうしょくじょ》の家《いえ》を羨《うらや》まず

「今日は朝から、よいことのある前兆の喜鵲《かささぎ》の鳴き声を聞きました。昨夜は灯芯《とうしん》に花ができ、これも吉兆と思って、わたしはその灯火を拝みましたのよ。そしたらやっぱり、部屋に香を焚き、門を出て、潘岳のようなイケメン（あなた）をお迎えすることができました。年に一度の逢瀬を喜ぶ牽牛・織女の家だって、羨ましいとは思いませんわ」

この詩「李近仁員外《いんがい》を迎《むか》う」は、一見「カワイイ女」の作品だが、その背後には、新しい恋人を逃がすまいとする、魚玄機の激しい情念や執着心が潜在している。その熱情の火炎は、最終的には「火に飛び入る野蛾」のように、彼女自身を焼き滅ぼしたのであった。

諸田センセイからの一言

恋愛のドロドロ劇は、昼ドラが放映されるずっと以前、おそらく人類が誕生した太古の昔から繰り返されてきた人間ドラマでしょう。今の日本も同じですね。しかし、魚玄機は妓女でした。今でいう、芸者さん、ホステスさんにあたりますが、時代は唐の末期、九世紀の後半です。女性が置かれた地位や立場には、現代とは雲泥の差がありました。

娼家に生まれ、妓女として生長した魚玄機には、遊びに来るお客さん――なかには高級官僚や青年知識人（官僚予備軍）がたくさんいました――の「正妻」になる道は、閉ざされていました。気に入られても、せいぜい「妾」どまり、気にくわなくなればポイ、という不安定な地位しか望めなかったのです。こうした状況では、独立独歩が可能な現代女性とは比較にならないほど、嫉妬心も強まるものかもしれません。ただし、「男に頼る」という在り方は、魚玄機の時代に限らず、その後千年以上も続く、女性全体の宿命であったというべきでしょう。幼い女児の足に布を巻きつけ、強制的に小さくする、あの纏足《てんそく》という悪習も、やがて五代・北宋（十世紀後半～）の頃から広まってゆきます。

そうした状況を打破し、女性が男性と同等の地位や立場を獲得するためには、近代の女性解放運動を待たなければなりませんでした。その運動の先頭に立って活躍した女性が秋《しゅう》瑾《きん》です。彼女については、この本の最後でご紹介いたしましょう。

蘇東坡

Sotouba

1036年～1101年

党派争いの中で何度も追放左遷の憂き目に遭うが、常に心の自由を守り逆境を楽しみながら生きたバイタリティあふれる詩人。あらゆる芸術に天才を発揮し、宋の四大書家の一人に数えられる。本名は蘇軾《そしょく》。号《ごう》の東坡（居士《こじ》）で広く知られる。

「逆境に負けない秘訣って？」 10代・学生

冬を迎えて駅舎の周りのミカンも黄色く熟してきました。サヨばあちゃんは、隣の畑で野菜をとり、お鍋の準備中。おや、10代の学生さんがお手伝いしているようです。

客人 あの、ゴミ箱どこですか？

サヨ あら、その大根、まだ捨てちゃダメよ。いっぱい食べるところがあるわ。命をいただくんだから、大切にしないとね。

客人 わかりました。大根や白菜も命か。そういえば、このミカンもすごく綺麗だ。絵に描いてみたいなあ。

サヨ あら、あなた絵を描くの？

客人 はい。大好きです！ できたら将来、画家になりたいんです。でも最近、先生から「君の絵は細部にこだわりすぎて勢いがない」って言われて。

サヨ なるほど、ひと筆ひと筆にこだわりすぎて、全体の姿が描けていないのね？

客人 その通りです。サヨさんも絵を描くんですか？

サヨ　いいえ、私は描けないわ。中国の詩人の話の受け売りよ。
客人　エッ、中国の詩人、誰ですか？
サヨ　宋代の蘇東坡という人よ。友だちの画家の話を紹介した文章があってね。そのなかで画家がこう言ってるの。「竹の真の姿を描くためには、あらかじめ心のなかに完成した竹の姿をとらえ、それが目に浮かんできたら、ただちに筆を振るって一気に描きあげる。目に浮かんだ姿が去らないうちにすばやく、飛び上がった兎をつかまえるハヤブサのように描くんだ」って（「文与可《ぶんよか》の画《えが》く篔簹谷偃竹《うんとうこくえんちく》の記《き》」）。
客人　なるほど！　とても参考になります。水墨画の技法ですね。ボクも挑戦してみたいけど、無理だろうなあ。
サヨ　あら、どうして？
客人　学校の美術部では別の技法を使っているから……きっと、水墨画を描いてもあまり評価されないと思います。
サヨ　でも、あなたがいいと思ったならやってみてもいいんじゃない。これから腕や感性を磨いていけば、きっと素晴らしさを認めてくれる人が現れるわ。周りの声をあまり気にし過ぎないほうがいい。蘇東坡さんもね、友人は多かったけれど、敵も多かったの。当時は新法党《しんぽうとう》と旧法党《きゅうほうとう》の派閥争いがあって、彼もそれに巻き込まれ、大臣になったり、罪人になったり、浮き沈みの激しい人生だった。晩年には南の果ての海南島《かいなんとう》まで流されたのよ。でも、そうした逆境にもめげず、というか、むしろ逆境を楽しみ、バネにして、東坡さんは素晴らしい詩や文章を書き続けたの。書は超一流だし、絵にも造詣が深くて、今では中国を代表する文人として尊敬されているのよ。

客人　へえ、すごい人だったんですね。会ってみたかったなあ。

サヨ　そう。じゃ、お話ししてみる？

サヨ　ニイハオ、東坡さん。お話しできますか？

蘇東坡　今、目が覚めたよ。ちょっと二日酔い気味でね。

サヨ　あら、いけないわね。実は、画家志望の青年が来ていて、東坡さんのことを話したの。逆境を楽しみ、バネにして生きた人だと言ったら、会いたかったって言うから、電話してみたのよ。

蘇東坡　逆境を楽しむ、か。確かに、この黄《こう》州（湖北省）に左遷されたら、たいていの官僚は落ち込んでしまうだろうね。

サヨ　黄州に流されて何年になるの？

蘇東坡　今は元豊五年（一〇八二）の七月だから、もうすぐ二年半だね。私も四十七歳になった。一時は私も死を覚悟したよ。もっとも、自分が死刑になってもおかしくない人間だと自覚することは、幸福になる秘訣かもしれないがね。

客人　エッ、どういうことですか？

蘇東坡　だって、これまで君はどれほど殺生《せっしょう》して命を繋いできたんだい？　まあ、いい。君は芸術に理解がありそうだから、逆境を楽しむ秘訣を話してやろう。

　私はね、三十歳で父と妻を亡くし、二人の棺を護って眉山《びざん》（四川省）に帰郷したんだ。喪が明けて後妻を娶り、三十四歳で都の開封《かいほう》（河南省）に戻ってみると、天下の情勢は一変していた。二年前に即位した神宗《しんそう》皇帝に見込まれた王安石《おうあんせき》が、新法という政治の大改革を次々に断行していたんだ。国家財政の再建など、新法の理念には汲むべき点もあるが、現実とは大きなギャップがあってね、実行されたら様々な弊害をうみ、人民は塗炭《とたん》の苦しみをなめることになるだろう、そう思った私は、激しい反対意見をたびたび上書した。ところが、宰相になった王安石から睨《にら》まれ、都にいられなくなってね。三十六歳の時、外任を願い出て杭《こう》州（浙江省）の副知事になった。以後、密《みっ》州・徐州・湖《こ》州の知事を歴任したが、地方官として各地を視察してみると、新法が人民を苦しめている実態が手に取るようにわかった。しかし、権力は新法党が独占していて言論の自由はない。そこで私は、新法を風刺《ふうし》する詩を作り続けた。新法を推し進める連中を、ガアガア鳴く蛙やジージー鳴く蟬にたとえたりしてね。だが、湖州知事だった四十四歳の時、朝廷を誹謗《ひぼう》した罪で突然逮捕され、都の監獄に投ぜられた。過酷な尋問と四ヶ月以上にわたる拘禁のすえ、なんとか死刑は免れ、黄州に流罪となったんだ。

　黄州に着いたのは、元豊三年（一〇八〇）、四十五歳の二月だ。着いたばかりの頃は、給料はないし家族は多いから、生活が心配だった。それで節約して毎日百五十文《もん》以上は使わないと決めた。

月初めに四千五百文の銭を三十等分して、天井の梁《はり》につるしておく。朝早く棒で一束をはずしておろし、すぐに棒は隠してしまう。その日に使いきれなかったお金は竹筒にたくわえておいて、臨時の客があった時の費用にあてる。こんな工夫をすれば、手持ちの金でなんとか一年はもつだろうと考えたんだよ（※1）。

生活が落ち着いてきた頃、私はつくづく自分の性格について考え、どうしたら心の平和を得られるか模索するようになった。獄中で死刑を覚悟したことで、自分の生き方を根本から見つめ直す必要性を痛感したんだ。自分はこれまで衝動のままに行動することが多かった。それを克服するためにはどうすればいいのか。そうだ、仏教に帰依《きえ》して、根本から心を洗い清め、再出発をはかろう。そう考えた私は、安国寺《あんこくじ》という寺に一、二日おきに必ず出かけ、黙坐《もくざ》して深くわが身を反省するようになった。その習慣は今でも続けているがね、身も心も囚われから解放され、しみついた汚れは自然と落ち、心はすべて清浄になった。こういう精神生活は心から楽しいものだよ（※2）。

とはいえ、日に日に経済生活は苦しくなる一方だ。そんな私を見かねて、友人が兵舎の跡地を借り受けてくれた。黄州に来て二年目のことだ。そこを開墾《かいこん》して穀物を育てたらいい、というわけさ。ところが、その土地は長い間荒れ放題、いばらが生い茂り、瓦《かわら》や石がごろごろしている。開墾を始めた頃、私は手にしたスキを投げ出して、あまりの苦しさにため息をついた。だが、そんな時には、詩を作るのが一番なぐさめになる。私は『東坡八首』という連作詩を作った。東坡というのは、東の丘（傾斜地）、という意味（※3）。敬愛する白楽天の詩にも出てくる言葉なんだ（※4）。それを借用して自分の畑の名前にし、ついでに自分の号（ペンネーム）も東坡居士（※5）とした。その連作詩の第四首では、やがて訪れる収穫の喜びを数え上げて、詩の最後はこう結んでみた。「私はこれまで長く、政府の米倉の禄米を食べてきたが、紅く変色して泥のようにまずかった（我《われ》は久《ひさ》しく官倉《かんそう》を食《は》みしが、紅腐《こうふ》して泥土《でいど》に等《ひと》しかりし）」。だが、「ゆくゆくまちがいなくこの畑でとれた新米を味わえるだろう。私は今から、わが口と腹に、新米を存分に味わってよいぞと許可している（行《ゆ》くゆく当《まさ》に此《こ》の味《あじ》を知《し》るべし、口腹《こうふく》吾《われ》は已《すで》に許《ゆる》せり）」と。こうして私は本当の農夫になったんだよ。

客人　そうですか！　美味《おい》しい食事を想像するだけで、生きる力になったんですね。

蘇東坡　その通り。力になるのは芸術も同じだ。私の自宅は東坡の畑の上にある。山の下には居《こ》士亭《じてい》や雪堂《せつどう》を建てた。雪堂というのは、雪の降るなか完成したお堂でね。周りの壁には自分の手で、森や川や釣り人などの雪景色を描いたんだ。こないだ、有名な画家の米芾《べいふつ》君もここに遊びに来てくれてね。三十二歳と言っていたが、互いに知り合えたことを喜び、絵画や芸術についてあれこれ話し合ったよ。楽しかったなあ。

客が来た時には、土地の産物でもてなすんだ。黄州一帯は、米が安く、ミカンや柿、タロ芋がいっぱいとれる。地酒も悪くないし、羊肉も、北方の豚肉や牛肉のように美味しい。ところが当地では、豚肉が安いにもかかわらず、金持ちは食べようとしないし、貧乏人は料理法を知らない。

それで私は、簡単な豚肉シチューの作り方をあみ出した。ごく少量の水に醤油を入れて、豚肉を何時間もぐつぐつ煮るんだよ。

客人　あっ、それって有名な中華料理、東坡肉《トンポーロー》じゃありませんか？　東坡さんの発明だったんですね！　メモっておこう。

蘇東坡　アハハ、安いのは豚肉だけじゃないぞ。魚やカニはただ同然。私は時々、草履《ぞうり》ばきに黒い帽子で小舟に乗り、川を渡って美味しい地物を色々仕入れてくるんだ。ついでに酒屋にも立ち寄るが、よく酔漢《すいかん》にからまれてね。乱暴されたり、ののしられたり。みな私のことを、漁師か樵《きこり》としか思っていない。そんなふうに、自分が次第に無名の人になってゆくのが、私には楽しくてならないんだ。世間的な地位や名声、交際や学問などは、結局、装飾品にすぎない。真の自分を覆い隠すものだ。農民や漁師になれば、そうした一切の虚飾を取り払って、裸一貫の自分、真に自由な詩人として生きられるからね。

友人や隣人も多彩だよ。医者や薬屋、夫と喧嘩して豚のような金切り声をあげる百姓女、黄州や武昌《ぶしょう》の知事、老道士や詩僧など、まあ一風変わった連中が、私の周りに集まってくる。サヨさんとこも同じかな？　つい昨日も、音楽好きの友人が訪ねてきたから、一緒に舟を長江に浮かべ、有名な赤壁《せきへき》に遊ぼう、ということになったんだ。黄州にも赤壁という名の岩崖《いわがけ》があってね、土地の者はみな、そここそ昔、魏の曹操が呉・蜀の連合軍と戦った、あの古戦場の赤壁だと信じているんだよ。

今は初秋の七月（※6）。昨日、赤壁の下はゆったりと清風が吹き、波は穏やかだった。私は小舟の上で酒杯をとって友に勧め、明月の詩などを口ずさんで歌った。しばらくすると、十六夜の月が東の山上に出て、水面《みなも》に映《は》える月光は、長江いちめんに、白い霜が降りたかのよう。一葉の葦《あし》のような小舟は、果てしない水上をどこまでも進み、虚空《こくう》に浮かび風に乗って、この世を離れてゆき、まるで羽根が生え仙人になって、天に昇ってゆくかのようだった。そこで、私は酒を飲み、すっかり楽しくなって、ふなばたを叩きながら、また歌を歌ったんだ。すると、友人が洞簫《どうしょう》（※7）を吹いて、私の歌に調子を合わせてくれた。ところが、その音色は、うう、うう、と響き、怨《うら》むがごとく、訴えるがごとし。余韻は奥深い谷に長くたゆたい、これを聞いた人は泣いてしまうだろうという哀切さ。

それで、私は居住まいを正《ただ》して友に尋ねたんだ、「どうしてそんなに悲しげなのですか？」と。友は言った。『月明《つきあきら》かに星稀《ほしまれ》に、烏鵲《うじゃく》南《みなみ》に飛《と》ぶ』とは、あの曹操の詩（※8）です。そしてここ、山や川が周囲を巡り、木々が鬱蒼《うっそう》と生い茂るこの場所こそ、曹操が周瑜《しゅうゆ》（呉の武将）に苦しめられた、あの古戦場ではありませんか。当時、曹操の軍船は千里も連なり、軍旗は空を覆い尽くすほど。彼は長江の水面に酒をそそぎ、ほこを横たえて、この詩を吟じましたが、一代の英雄曹操も、今ではむなしくいなくなってしまいました。ましてや、わたしとあなたは、長江の岸で一艘《そう》の小舟に乗り、かげろうのようにはかない身を天地の間に預けているだけの存在。大海原に浮かぶ米粒みたいなものです。わたしは、自分の人生がほんの一瞬でしかないことが悲しく、かぎりなく流れ続ける長江が羨ましいのです。そこで、消えることのない響きを、悲しげに吹く風に託したのです」と。

それを聞いて、私はこう言った。「あなたは、あの水と月を知っていますか？　川は流れ、月は満ち欠けしますが、結局、減りもしなければ増えもしないのです。変化するという視点から見れば、天地は一瞬たりとも同じではありえません。しかし、変化しないという視点から見れば、万物も我々も、尽きるなどということはないのです。だとすれば、何を羨む必要がありましょう。そもそも、この天地の間の物には、その所有者が決まっています。しかし、この長江を吹き渡る清風と、山あいから照らす明月だけは、その美しい音色と光景を、耳や目でいくら取っても禁じられることはなく、いくら使っても尽きてしまうことはありません。造物者の『尽きることの無い蔵《くら》』――無尽蔵《むじんぞう》なのです。現に我々は、こうして一緒にそれを享受しているではありませんか」と。

友人はこれを聞いて、喜んで笑い、杯を洗って酒をついでくれた。そうやって、二人で楽しく酒を酌み交わし、赤壁の風光を存分に満喫しているうちに、酒の肴はすっかり無くなり、杯や皿は、あちこちに散らかったまま。友人と舟の中で重なり合ってまどろみ、東の方角がもう白んできたことにも気づかなかったんだ（※9）。

そんなわけでね、明け方まで赤壁でトコトン飲んだから、今日は二日酔い気味なんだ。まだ頭が痛い。もうひと眠りしたいから、失敬するよ。

客人　東坡さん、ありがとう。ホントにすてきな人ですね。
サヨ　たくましいわよね、発想を転換して、どんな苦境もプラスに変えてしまう。
客人　それに、芸術や自然の美しさって、生きる力を与えてくれるんですね。
サヨ　食事も同じよ。みんなを楽しくしてくれるわ。そろそろ、鍋のフタを開けてみて。
客人　わー、いい香り。東坡さんの作ったお米も食べてみたかったなあ。

注
※1　「秦太虚に答うる書」。
※2　「黄州安国寺の記」。
※3　黄州の街の東方の山腹にあった。
※4　白楽天の詩「東坡に花を種う」、「東坡に歩す」など。
※5　居士は、在家の仏教信者のこと。
※6　旧暦。現在でいう八月頃。
※7　尺八に似た管楽器。
※8　曹操「短歌行」。本書四十四頁参照。
※9　「前赤壁の賦」。

念奴嬌　赤壁懐古

大江東去
浪淘尽　千古風流人物
故塁西辺
人道是　三国周郎赤壁
乱石崩雲
驚涛裂岸
捲起千堆雪
江山如画
一時多少豪傑

念奴嬌《ねんどきょう》　赤壁懐古《せきへきかいこ》

蘇東坡

大江《たいこう》　東《ひがし》に去《さ》り
浪《なみ》は淘《あら》い尽《つ》くせり　千古《せんこ》の風流人物《ふうりゅうじんぶつ》を
故塁《こるい》の西辺《せいへん》
人《ひと》は道《い》う　是《こ》れ　三国《さんごく》　周郎《しゅうろう》の赤壁《せきへき》なりと
乱《みだ》れし石《いし》は　雲《くも》を崩《くず》し
驚《とど》ろく涛《なみ》は　岸《きし》を裂《さ》き
捲《ま》き起《お》こす　千堆《せんたい》の雪《ゆき》を
江山《こうざん》は　画《えが》けるが如《ごと》し
一時《いちじ》　多少《いくばく》の豪傑《ごうけつ》ぞ

遙想公瑾当年
小喬初嫁了
雄姿英発
羽扇綸巾
談笑間　強虜灰飛煙滅
故国神遊
多情応笑我
早生華髪
人間如夢
一樽還酹江月

語釈

念奴嬌　メロディーの名。
淘尽　すっかり洗い流す。

遙《はる》かに想《おも》う　公瑾《こうきん》の当年《とうねん》
小喬《しょうきょう》　初《はじ》めて嫁《か》し了《おわ》り
雄姿《ゆうし》　英発《えいはつ》なりしを
羽扇《うせん》　綸巾《かんきん》
談笑《だんしょう》の間《あいだ》に　強虜《きょうりょ》は　灰《はい》と飛《と》び　煙《けむり》と滅《めっ》せり
故国《ここく》に神《こころ》は遊《あそ》ぶ
多情《たじょう》　応《まさ》に笑《わら》うべし　我《わ》が
早《はや》く　華髪《かはつ》を生《しょう》ぜしを
人間《じんかん》は夢《ゆめ》の如《ごと》し
一樽《いっそん》　還《ま》た　江月《こうげつ》に酹《そそ》ぐ

風流　自由不羈のロマンチックな精神。
故塁　古い石垣。黄州の古城か。

人道 史実では、赤壁の古戦場は別の場所であった。東坡はそれをほぼ知っていたはずだが、ここでは仮に、土地の人が言う言葉を前提にして述べる。

周郎 呉の孫権の将軍・周瑜（一七五～二一〇）のこと。

公瑾 周瑜の字。

当年 赤壁の戦いがあった年（二〇八）、周瑜は数えで三十四歳。

小喬 二人姉妹の妹で、美人で有名であった。史実では、赤壁の戦いの十年前に周瑜に嫁いだ。

羽扇綸巾 羽根のうちわと青糸で作った頭巾。蜀の軍師・諸葛亮（字は孔明）をいう。

灰飛煙滅 赤壁の戦いでは、呉蜀の連合軍が火攻めで魏（曹操軍）の船団を焼き払い勝利した。

故国 蘇東坡の故郷である蜀（四川省）は諸葛孔明が宰相となった国であり、また、長江は蜀から黄州へと流れてくることからの連想。

多情 多情多感。詩人特有の感性をいう。

華髪 白髪。心労によって増えると考えられていた。

人間 人間世界のすべてのこと。俗世における毀誉褒貶や栄枯盛衰。

酹 酒を注いで神霊を祭る。

江月 長江を照らす月。

通釈

長江の水は東へ流れゆき、川波は洗い去ってしまった、千年むかしの自由奔放な豪傑たちを。あの古城の西側こそ、人は言う、「三国呉の英雄周瑜らの、赤壁の古戦場だ」と。乱れ積もる石は、雲を崩したかのよう。轟く波は岸を引き裂き、そのしぶきは、うず高い雪を捲き上げたようだ。江《かわ》も山も、山水画のように美しい。ああ、あの時、この場に、いったい何人の豪傑たちが戦ったのか。

はるか当時を想いやれば、周瑜はその時（三十四歳）、美しい嫁・小喬《しょうきょう》を迎えたばかり。その勇姿はまばゆいほど。羽うちわに頭巾をつけた蜀の孔明《こうめい》と、しばし談笑の間に、強敵曹操の大船団は焼き払われ、灰や煙となって壊滅した。ああ、わが魂は馳せゆく、長江の上流、故国の蜀へ。かくも多情多感な私の心を、きっと人は笑うだろう、「だからあなたは早く白髪が生えたのだ」と。だが実際、（彼も我も）人の世は、まさに一場の夢ではないか。この一樽の酒を大江の月に注ぎ、英雄たちの霊にささげよう。

解説

この「念奴嬌　赤壁懐古」は、逸話の最後に紹介した「前赤壁の賦」とほぼ同時期（東坡四十七歳頃）の作品であろう。詩題の「念奴嬌」は、旋律《メロディー》の名。音楽のしらべに乗せて歌えるように作詞されたので、一句の文字数に長短の違いが生じている。こうしたスタイルの作品は、通常の「詩」と区別して「詞」と呼ばれる。蘇東坡は「詞」の名手でもあった。「赤壁懐古」の詞は前段と後段に分かれており、後段の最後にいう「人間は夢の如し」は一見、世の無常をはかなむ言葉に見える。しかし、「前赤壁の賦」とあわせて読めば、人生の本質を一場の夢と達観し、英雄たちと同じく自分もその夢をたくましく生き抜こうとする、力強い決意が秘められた言葉なのである。

食茘支　二首　其二

羅浮山下四時春
盧橘楊梅次第新
日啖茘支三百顆
不妨長作嶺南人

茘支《れいし》を食《しょく》す　二首《にしゅ》　其《そ》の二《に》　蘇東坡

羅浮《らふ》　山下《さんか》　四時《しじ》　春《はる》のごとし
盧橘《ろきつ》　楊梅《ようばい》　次第《しだい》に新《あら》たなり
日《ひ》びに茘支《れいし》を啖《くら》うこと　三百顆《さんびゃくか》
妨《さまた》げず　長《とこし》えに嶺南《れいなん》の人《ひと》と作《な》るを

語釈

羅浮山　恵州の西二十キロメートルにある山。標高は一二八一メートル。
四時　四季。
盧橘　びわ。
楊梅　やまもも。

次第　次々に。
啖　むさぼり食らう。パクパク食べる。
茘支　ライチ。
三百顆　数が多いことを強調する表現。
嶺南　今の広東省、広西壮族自治区の一帯。

通釈

羅浮山のふもとは、一年中春のように温か。まずはびわ、次はやまもも、と、次々に新しい果物が実を結ぶ。毎日こんなふうに、茘支を三百個もパクパク食べられたら、死ぬまでこの嶺南の住民になってもよいな。

解説

この詩は、紹聖三年（一〇九六）、六十一歳の作品である。当時、蘇東坡は罪人として流刑地の恵《けい》州（広東省）で暮らしていた。

逸話の後半、赤壁の古戦場に小舟を浮かべた黄州で、東坡は五年ほど流罪生活を送った。その後、元豊八年（一〇八五）に神宗皇帝が崩御《ほうぎょ》したため、天下は一変して旧法党の世となった。東坡もたちまち政界に返り咲き、中央政府の重要人物となる。ところが、旧法党の派閥抗争に巻き込まれ、反対派の激しい攻撃にさらされた蘇東坡は、五十四歳の時、願い出て杭州へ転出し、西《せい》湖《こ》に有名な堤防（蘇堤《そてい》）を築く。足かけ三年ほどで朝廷に呼び戻されて大臣職を歴任するが、元祐八年（一〇九三）にパトロンの太皇《たいこう》（皇帝の母）が崩御すると、天下は再び新法党の手に落ちた。翌年、東坡は早くも恵州へ流刑となり、以後、足かけ四年の間、この南方僻遠《へきえん》の地で暮らすことになったのである。

「茘支を食す」の詩は、初夏の四月に書かれた作品である。序文には、次のような説明がある。「恵州の知事官舎の東の礼堂には、亡き副総理の陳《ちん》氏を祭ってあるが、その軒下に陳氏お手植えの茘支の木が一本あって、地元の人は将軍樹と呼んでいる。今年は実がよくなったので、まず知事が賞味され、残りは下級役人や用務員にまで分け与えられた。高くて人の手が届かないところの実は、猿を使って取らせたのである」と。

野菜と違って、果物には高級感が漂う。西洋の静物画によく果物が描かれるのは、それを眺めて贅沢を実感したいというのが、一つの理由であるらしい。ましてや茘支は、かの絶世の美女楊《よう》貴妃《きひ》が愛してやまなかった果物である。冷凍技術のなかった時代、遠方から早馬《はやうま》で必死に運ばれた茘支を、長安の宮廷で悠然と食せるのは、皇帝や貴妃など、ごく限られた貴人のみであった。その茘支が、この南方の恵州では、一本の木にたわわに実り、下級役人や用務員のおじさんのみならず、流罪人の蘇東坡にまで、「ほら、いっぱいお食べ」とばかりに、どっさりと配られたのである。「こんな贅沢ができるのなら、死ぬまでここで暮らしてもいいよ」と言いながら、茘支をパクつく東坡さんの姿が目に浮かぶようである。

彼が初めて茘支を食べたのは、前年の初夏であった。「四月十一日、初めて茘支を食らう」という詩で東坡は、「まるで海中の山にすむ仙女が、深紅《しんく》の上衣《うわぎ》をまとい、紅色の肌着から白玉《はくぎょく》の肌が透けてみえるようだ」と、茘支の美しさを、楊貴妃にも負けない絶世の美女にたとえて絶賛している。その味は、貝柱やフグの身を煮た味にそっくり。そう述べた後で、東坡は次のように詩を結んでいる。「私が生きてこんな世渡りをしているのは、もともと口（食物・言葉）のため。南に左遷されて、北の蓴菜《じゅんさい》やスズキのなますは食べられないが（代わりに茘支があるから）なんてことはない。人間の世はすべてが夢まぼろし。この万里の南の果て、恵州に私が来たことは、ほんとうにラッキーだった」と。最後の二句の原文は、「人間《じんかん》　何者《なにもの》か夢幻《むげん》に非《あら》ざらん、南来《なんらい》　万里《ばんり》　真《まこと》に良図《りょうと》」。

いやはや、実にたくましい。都がよい、南方は忌《い》むべき場所だ、新法が正しい、いや旧法だ。こうした人間世界の是非や分別などは、すべて相対的な価値観にすぎない。実際、都人《みやこびと》の嫌う南方に来てみれば、なんと素晴らしいパラダイスではないか。初めて茘支を食べた蘇東坡は、そう実感したのである。

芸術美や自然美は、人生を価値あるものだと実感させ、生きる力を与えてくれる。しかし、それらは鑑賞者の磨かれた感性や高い精神性を前提とする、いわば高級な栄養ドリンク剤だ。ところが、美食——美味しい食べ物は、万人がすぐ実感し、幸福感にひたることができる、肉体的官能的な喜びである。蘇東坡は美食の喜びにも通じた、真の食通《グルメ》であった。美食の力——それが、「逆境を楽しむ」一つの原動力だったのである。

諸田センセイからの一言

美食は何も高級料理である必要はありません。蘇東坡が黄州に流されていた時、東坡肉（豚の角煮）を発明したことは、逸話でも触れました。金持ちは見向きもせず、貧乏人は料理法を知らなかった豚肉を、東坡は工夫を凝らして、美味しい食べ物に変身させたのです。実は私、学校給食で出される豚の脂身が大の苦手でした。豚肉が出ると、なんとか食べないですむように、先生の目を盗んでこっそり紙に包み、捨てていたのです。ところが、学生時代、ひとりで中国を旅した時に東坡肉を食べたところ、あまりの美味しさにほっぺが落ちました。豚肉の美味に開眼した瞬間です。ありがとう、東坡さん！

　ところで、恵州に住みたいという蘇東坡の夢は実現しませんでした。新法党は容赦なく彼をさらに南の果て、海南島に流したのです。そこは宋の領土の最南端、住民の多くは黎《れい》族という異民族でした。そこで三年の月日を過ごした彼は、黎族の人々とも親しく交際し、「海南《かいなん》　万里《ばんり》　真《しん》に吾《わ》が郷《きょう》（故郷）」と歌っています（「吾海南《われかいなん》に謫《たく》され……」詩）。本当にめげない、強靭な精神を持った人ですね。創作力も衰えを見せず、敬愛する陶淵明の詩に唱和した「和陶詩《わとうし》」の連作なども創っています。

　海南島に骨を埋めるつもりの蘇東坡でしたが、またもや政局が変化し、絶望的と見られていた北帰が実現します。その北帰行の途中で病を得、六十六歳で生涯を閉じました。

秋瑾

Shukin

1875年〜1907年

女性解放と清《しん》朝打倒のため命がけで戦った清朝末期の女性革命家。浙江《せっこう》省紹興《しょうこう》の人。日本留学中に中国革命同盟会に入り、帰国して革命運動に従事。浙江で武装蜂起を計画したが、発覚して処刑された。日本刀を愛した男装の麗人。

「夫が家事をしてくれません。」 40代・会社員

冬至も過ぎ、ちらほら小雪が舞い始めました。駅舎からは色々な人の声。ボランティアさんたちが総出で、年越しと正月の準備を手伝ってくれているようです。

客人　こんにちは。にぎやかですね。
サヨ　今日はみんな大集合で、忘年会とおせち料理の支度をしてくれてるんですよ。
客人　私にも何か手伝えることありますか？
サヨ　嬉しい！　料理は得意なの？
客人　大丈夫です、いつもやっていますから。
サヨ　じゃ、すき焼きの野菜を切ってね。
客人　わかりました。……ボランティアさんたち、男の人も多いんですね。
サヨ　そうよ、料理が得意な人もいて、助かるわ。
客人　うちのダンナは、家事はほとんどやらないので。
サヨ　共働き？

客人　はい。なのに掃除、洗濯、料理、子育て、ほとんど私一人で。
サヨ　あらま。
客人　風呂掃除だけはダンナが担当なんです。たまにお客さんが来た時には、彼がお茶を出すんですけど、いい旦那さんで幸せね、なんて言われると、内心ムカッとするんです。
サヨ　家事は女性がするもの、というイメージが強いからね。
客人　日本の男女平等はまだまだです。別に男になりたいわけじゃないですけど、ダンナを見ていると、たまにぶっ叩きたくなる時があります。
サヨ　あら、過激ね。でもそんな風に、過激に男女平等を勝ち取ろうとした女性が中国にいたわ。
客人　へー、誰ですか？
サヨ　秋瑾《しゅうきん》といってね、日本ではあまり知られていないけれど、中国では有名な女性なのよ。清《しん》朝の末期に、お酒で有名な紹興《しょうこう》（浙江《せっこう》省）で生まれたの。文豪の魯迅《ろじん》も同郷で、秋瑾さんより七歳下の後輩ね。日清戦争で日本が勝利したのは明治二十八年（一八九五）、秋瑾さんが二十一歳の時。その年に彼女は婚約したんだけれど、相手は資産家の末っ子で、まだ十七歳だった。当時のことだから、親が勝手に決めた縁談よ。でも、親が決めたことには絶対に逆らえない、それが「孝《こう》」として重んじられていたからね。ところが、夫は苦労なく育ったボンボン。難関の科挙試験に挑戦しようという気力もなければ能力もない。父親が金で清朝の官職を買い、息子にあてがう始末だった。聡明で文学好きな秋瑾さんにとっては、不出来な夫に妻として尽くすことを求められる結婚生活は、不満と苦痛の種でしかなかったの。一方で、彼女はその頃から色々な新聞や雑誌を読み始め、欧米列強や日本に踏みつけにされる清朝政府の情けない現状を知った。それで次第に、女性解放運動や清朝打倒の革命運動に身を投じるようになっていったのよ。

客人　秋瑾さんか……どんな人生だったのかなあ。

サヨ　本人に直接聞いてみたら？　今呼んでみるわね。

サヨ　あ、お久しぶり。今、お話しできる？

秋瑾　ちょうど、新しい雑誌『中国女報』の「発刊の辞」を書き終えたところよ。

客人　あの、秋瑾さんの人生や中国の女性解放運動について、直接お話を聞いたらいいとサヨさんに勧められたのですが……。そちらは今、清の時代ですか？

秋瑾　そうよ。『中国女報』は来年、一九〇七年（光緒三十三：明治四十）の一月に発刊予定なの。これまでにも女性向けの雑誌はあったけれど、すぐに停刊になったり、文章が難しすぎて読めなかったりした。この『中国女報』は、文章はすべて文語《ぶんご》と口語《こうご》（話し言葉）を併用して、女性にも読みやすいように工夫してあるの。中国の人口は今、四億人。二億の男たちは、書籍や雑誌を読んで新しい文明の世界に入っていった。なのに二億の女たちは、依然として暗黒の地獄に沈んだまま少しも向上しようとはしていない。足は小さく纏足《てんそく》し、髪にはてかてかに櫛《くし》を入れ、リ

ボンやかんざし。顔にはおしろいやべにを紅《あか》く塗りつけ、知っていることといえば、ただ男に寄りかかり、依存することばかり。生涯、囚人や牛馬と同じありさま。なのに、この「男は主人、女は奴隷」の境遇を平然と受け入れて屈辱とは思っていない。女は自分で稼げないのだから、運命と諦め身をまかせるしかない、と言う。何と意気地のないことでしょう！　意気地さえあれば、今は女子の学校も多くなり、学問・技芸を習得して教師になり自立することだってできるのに。それもこれも、女が家の奥に引きこもって外界のことを知らず、知識や思想を啓発してくれる雑誌や書籍がないから。だから、その現状を少しでも打破すべく、『中国女報』を発刊することにしたのよ（※1）。

客人　なるほど。でも、どうしてそんな進んだ思想を身につけることができたんですか？

秋瑾　興味があるなら、お話ししましょう。

私は光緒元年（明治八）、一八七五年に福建省の廈門《アモイ》で生まれたの。本来の名前は「秋閨瑾《しゅうけいきん》」。だけど後に「秋瑾」に改めたの。「閨」の字は、閨《ねや》（寝室）という意味。そこで夫の帰りを待ちわびて泣く女のイメージがあって、私に合わないでしょ。

廈門は、一八四〇年に起こったアヘン戦争でイギリスに負け、南京条約（※2）で外国に開港せざるを得なくなった港街の一つよ。祖父や父は廈門の税関に勤める役人だった。二人とも科挙の地方試験（郷試《きょうし》）に合格した挙人《きょじん》。母も教養豊かな才女だった。私は幼い頃から母に、『唐詩選』など古典の詩文を教えてもらい、自分でも詩を作るような文学少女に育ったわ。でも五歳の時、母から「纏足をしてあげますよ」と言われて、突然足を緊縛されたの。幅九センチ、長さ四メートルほどの藍染めの布で足をぐるぐる巻き、指を無理やり折り曲げて、小刀で肉や皮を削りながら、「三寸金蓮《さんすんきんれん》」と呼ばれる十センチ足らずの足を人工的に作りあげるの。仕上がるまでの二年間、毎日激痛を耐え忍ばなくてはならない。私だけじゃないわ。当時の、いや、宋《そう》代以降千年近くにわたって、漢民族の女子は、みなこの纏足の激痛に泣かされ、苦しめられてきたのよ。清朝を支配している満州族の女は纏足しない。あなたは日本人だから、きっと天然の大足ね。羨ましいわ。

客人　え、バレちゃいましたか？　でも、羨ましいと言われたのは初めてです。

秋瑾　私はね、二十八歳の時に自分の意志で纏足を解いたの。当時は天足（天然の足）会や不纏足会が、各地で結成されて、自らの足で立ち上がろうとする女たちもいた。纏足を解くことを放足というんだけど、これこそまさに、女性解放の象徴と言っていいわ。だけど、放足すると逆にすさまじい激痛に襲われるの。纏足と放足、私は二重の苦しみを味わった。あなたの足を羨ましいと言った理由がわかるでしょ？

十五歳の時に、父祖の故郷である紹興に戻り、この頃から本を愛読するようになったわ。母は刺繍《ししゅう》も教えてくれたけれど、まったく興味がわかなかった。杜甫の詩が大好きで、やがて自分でも詩を作るようになったの。後には、屈原の無念の死を弔《とむら》う詩（「屈原を弔《とむら》う」）や、魚玄機の詩に和《わ》した作品（「偶《たま》ま所感《しょかん》有《あ》り」）も作ったわ。その一方で、武術の鍛錬も始めた。男と競って同等以上の力量を示すには、文武両道に秀でていないとダメだから。でも、纏足の私が武術を習いたいと言っても、初めは誰も真《ま》に受けてはくれなかった。けれど、やがて熱意が伝わり、武術の名手として高名な伯父さん（母の兄）から、本格的に拳法、剣技、棒術を学ぶことができたの。纏足の布には血がにじみ、激痛に耐えながら頑張ったわ。だから上達も早く、乗馬術まで身につけて、男子に負けないほどになった。刀は本当に大好きでね。今もここに日本刀があるわ。いつでも死ぬ覚悟はできているのよ。

客人　筋金入りの刀剣女子ですね。

秋瑾　その後、二十一歳で婚約したけど、まったく望んだ相手ではなかった。夫は四歳も年下。親の面子《めんつ》から、才女の誉れが高かった私を息子の嫁に選んだのよ。子供が生まれたら若い妾をもらえばいい、というのが当時の常識だった。父親同士が勝手に決めた結婚。でも、それはほとんど命令と同じで、逆らうことはできなかった。

　この頃から、私は雑誌を読むようになったわ。日本との屈辱的な講和条約（下関条約）や欧米列強に蹂躙《じゅうりん》される清朝政府の情けない状況を知り、それが女性の置かれたみじめな状況とも重なって、私のなかで、国家、民族、女性のあるべき姿とは何か、という問題意識が、どんどん膨らんでいったの。当時の知識青年には、みな同じ問題意識があった。でも、それをどう解決するかで、意見は分裂していたの。西洋の機械、技術を取り入れて清朝を補強せよという洋務《ようむ》派。開明的な皇帝を立て日本のような立憲君主国家にせよという変法《へんぽう》派。異民族の清朝を打倒し漢民族主導の新国家を樹立せよという革命派。いずれにせよ、西洋の進んだ思想や文明を学ばねばならない。それには、いち早く導入した日本へ行くのが近道。何より費用が安くてすむわ。しかも、近代化を進めるべく、一九〇二年（光緒二十八：明治三十五）から清朝が派遣を始めた留学制度によって、すでに多くの留学生が東京を中心に留学していたの。

そのころ読んだ陳天華《ちんてんか》の言葉も、胸に響いたわ。「かつてフランスはイギリスに滅ぼされ、全国はみなその下にひれ伏した。その時、一呼《いっこ》してフランスを立ち直らせたものは一人の女性（ジャンヌ・ダルク）ではなかったか」（※3）、「欧米が数百年かかって初めて達成しえたものは、日本は四十年をもって、これに追いついている。我々（中国）だけは同じような割合いで……できないのであろうか」（※4）。

さらに、留学先を決める直前、日本人と運命的な出会いがあったの。服部繁子先生と鈴木信太郎先生。繁子先生は、一九〇三年に清朝政府から京師《けいし》大学堂（後の北京大学）の学長（師範館総教習）として招聘《しょうへい》されたご主人、服部宇之吉《うのきち》先生と一緒に北京にいらしたの。知人の紹介で私も女性の座談会に参加させてもらい、繁子先生と知り合うことができた。ちょうど日露戦争の起こった年（一九〇四）よ。当時の私は三十歳、すっかり男装が習慣になっていたわ。黒のハンチング帽をかぶり、ネクタイにスーツ姿の私を、繁子先生は快《こころよ》く受け入れてくれた。でもある時、「秋瑾、あなたはなぜ男装を好むのですか？」とお尋ねになったの。私が「師母《しぼ》（※5）、私は男物のスーツが好きなのです。中国の女は弱く、ずっと抑圧されてきました。私は男と同じ力を自分のなかに築き、心まで男になりきろうと思うのです。そのために、まず外見から男の姿になりきろうとしているのです」と答えると、繁子先生は「男を羨むあまり、外見まで模倣するなど卑屈です。女はあくまで女。これは少しも恥ではありません」とたしなめてくださった。でも私は、「道理にかなったご意見ですが、自分の考えを変えたくありません」と応えたわ。その繁子先生が、日本語教師として紹介してくださったのが、京師大学堂教員の鈴木信太郎先生だった。鈴木先生は豪《ごう》放磊落《ほうらいらく》な方で、ある日「これが鈴木家伝来の宝刀だ」といって、小ぶりの日本刀を見せてくださった。その白刃の鋭さに私はすっかり魅了され、思わず感嘆の声を挙げたの。それを見て鈴木先生は、その日本刀を私にプレゼントしてくださった。私は大感激して感謝の詩を詠んだわ(※6)。

当初、繁子先生は、私が清朝打倒の革命思想を抱いていることを懸念して、アメリカへの留学を勧めてくださった。万世一系の天皇を戴く日本では、革命思想は御法度《ごはっと》でしょ。それに日本への留学は、清朝政府が日本と協力して行っている政策だったから、派遣した留学生が清朝打倒の革命思想に染まることなど許されなかった。でも私は日本人と接するうち、どうしても日本に行きたくなって、「日本滞在中は、革命思想を疑われるような言動は慎みます」と約束して、ついに繁子先生と日本に渡ったの。東京に着いたのは、一九〇四年(光緒三十：明治三十七)の七月だったわ。

東京の神田駿河台《するがだい》に、清国留学生会館というのがあってね、そこが私の宿舎だった。二階建ての洋館一棟と日本家屋が二軒。図書室や食堂もあって、多くの留学生が暮らしていたわ。私は日本語の猛勉強をするかたわら、演説練習会や標準語研究会を立ち上げたの。中国は方言が多いから、出身地が違うと相手が何を言っているのか理解できない。実は私も紹興なまりが強くてね。だから、標準語（北京語）で演説できる練習会を企画したわけ。革命思想を熱心に演説しても、相手に伝わらないんじゃ、意味ないでしょ。服装は和服（着物）が気に入り、日本人より似合う、なんて言われた。同じ紹興出身の周樹人君《しゅうじゅじん》（後の魯迅）とも一、二度会って話したけれど、彼も「日本に来て弁髪《べんぱつ》を切りました。これから仙台の専門学校（現・東北大学医学部）に行って医学をぶつもりです」と言っていたわ。

その後、私は実践女学校（現・実践女子大学）に入学した。創設者で校長の下田歌子先生は、明治女子教育界の第一人者で、西太后《せいたいこう》（※7）に女子教育の重要性を建議したり、中国人留学生の受け入れにも積極的だったからね。入学後は女学校の寄宿舎に住み、看護学を学んで教科書（『看護学教程』）の翻訳を始めたりした。その一方で、神楽坂の武道場に通って剣道や騎射《きしゃ》を訓練し、密かに爆弾の製造法も学んだわ。留学生会館での演説練習会や研究会にも欠かさず足を運び、演説の内容を発表する雑誌『白話《はくわ》』（口語の意）を仲間と発刊したの。内容はすべて打倒清朝よ。繁子先生との約束は破ってしまったけれど、私の究極の目的は、清朝打倒の革命思想を広め、実践することだから、仕方ないわね。

ある日、横浜に行く途中、日露戦争の出征兵士を見送る群衆を目撃したことがあったわ。老若男女がみな、小旗を打ち振り、万歳を叫ぶ様子を見て、私はもう、泣きたいほど羨ましくなった。中国では兵士は尊敬されず、奴隷と同じように見られ、嫌悪されていたから。あまりの国民意識の違いに愕然《がくぜん》としたの。その後、学費や生活費を補うため一時帰国したけれど、翌年（一九〇五）の七月には再来日し、八月には高名な孫中山《そんちゅうざん》先生（孫文《そんぶん》）の演説を麹町《こうじまち》の富士見楼で聞き、九月には孫先生の宿所にも行ったわ。民族、民権、民生の三つの主義に基づく革命思想を理路整然と説く中山先生のお話に、私は全身を耳にして聞き入り、宣誓して中国（革命）同盟会に加入したの。「連盟人《にん》、浙江山陰（紹興）の秋競雄《きょうゆう》が誓う。満族（清朝）を駆逐、中華（漢民族国家）を光復（復興）、民国を樹立、……信忠を守り……背《そむ》けば処罰に処す」というのが、この時の宣誓文。「競雄」というのは、男と競っても負けない、という意味の、私の号（ペンネーム）よ。

十一月には、紹興出身の革命家、徐錫麟《じょしゃくりん》の一行《いっこう》十二名が日本に来たわ。彼らは光復会（※8）の会員で、紹興に学校を創る計画を進めていたの。表向きは、清朝を守る兵士の訓練校。でも実は革命派を養成する学堂を創り、そこに銃や弾丸を置いて武装蜂起のアジトにしようという計画よ。周樹人君も一行を出迎えに横浜まで行ったようだけれど、私も駅で彼らを迎え、その考えに共鳴して同盟を結んだの。

十二月になって、日本政府がいわゆる「清国留学生取締《とりしまり》規則」を公布した。そこには清を保護国とみなし、留学生の自由を制限する条項が含まれていたから、留学生はみな激怒して、八千六百余名が、法令の撤回を求めてストライキに入ったの。さらに全員退学して一斉に帰国すべきだという機運が盛り上がった。私も帰国学生を代表して決死隊を組織し、ストライキを訴える演説をしたわ。それが下田先生の耳に入り、実践女学校を除籍されたの。留学生のなかには一斉帰国に反対の者もいて、周樹人君もその一人だった。彼は清朝の官費留学生だったし、この点で意見が合わなかったわ。

年末に横浜から船で日本を離れ、今年、一九〇六年（光緒三十二：明治三十九）の新年は上海《シャンハイ》で迎えたの。二月中旬には、和服姿で紹興に帰り、さっそく光復会の仲間たちと、各地に革命の根城《ねじろ》となる学校を設立する準備を始めた。私はとりあえず女学校の教師になって、各地の有力者たちに、革命蜂起への協力を説いて回っているの。各地の首領《ドン》たちは、日本刀を手に革命思想を説く私の熱弁と迫力に舌を巻き、みな協力を誓ってくれているのよ。七月からは、上海で『中国女報』創刊のための募金活動を始めたわ。たった今、その「発刊の辞」を書き終えたところよ。これから徐錫麟に手紙を書くから、失礼するわね。

客人　感激しました。秋瑾さんのような女性がいてくれたからこそ、今があるんですね。

サヨ　あいかわらず、すごいバイタリティーだったわね。

客人　家庭内の男女平等に向けて、私も気合いを入れ直します！

サヨ　でも、ダメよ、ダンナさんに包丁向けたりしちゃ。

◇─◇─◇

注

※1　秋瑾「敬んで姉妹に告げる」。

※2　一八四二年に英国との間で結ばれた条約。
香港の割譲、広州・福州・厦門・寧波・上海の開港、賠償金の支払いなどが内容。

※3　「敬んで湖南人に告ぐ」。

※4　「中国はよろしく民主政体に創り改めるべきことを論ず」。

※5　女性教師への呼びかけ。男性教師であれば「師父」。

※6　「日本鈴木文学士宝刀歌」詩。

※7　清の咸豊帝の妃。一八三五〜一九〇八年。
幼少の光緒帝を擁立し、その摂政として、長く政治の実権を握った。

※8　清朝末期に蔡元培らが組織した、革命運動を推進する秘密結社。

有懐　游日本時作

日月無光天地昏
沈沈女界有誰援
釵環典質浮滄海
骨肉分離出玉門
放足湔除千古毒
熱心喚起百花魂
可憐一幅鮫綃帕
半是血痕半涙痕

懐《おも》い有《あ》り　日本《にほん》に游《あそ》ぶ時《とき》の作《さく》　秋瑾

日月《にちげつ》に光《ひかり》無《な》く　天地《てんち》は昏《くら》し
沈沈《ちんちん》たる女界《じょかい》　誰《たれ》か有《あ》りてか援《たす》けん
釵環《さかん》　典質《てんしつ》して　滄海《そうかい》に浮《う》かび
骨肉《こつにく》　分離《ぶんり》して　玉門《ぎょくもん》を出《い》ず
放足《ほうそく》　湔除《せんじょ》す　千古《せんこ》の毒《どく》
熱心《ねっしん》　喚起《かんき》す　百花《ひゃっか》の魂《たましい》
憐《あわ》れむべし　一幅《いっぷく》　鮫綃《こうしょう》の帕《はく》
半《なか》ばは是《こ》れ血痕《けっこん》　半《なか》ばは涙痕《るいこん》

語釈

沈沈　水に深く沈み光が届かない。
女界　女性の世界。婦女子の総称。
釵環　かんざしとイヤリング。装身具の総称。
典質　質に入れる。
滄海　大海原。
骨肉　肉親。家族。
玉門　国境のこと。元来は、漢代にシルクロードの街・敦《とん》煌《こう》の北西に置かれた関所・玉門関《ぎょくもんかん》をいう。

放足　足の布を解き放ち、纏足をやめること。
湔除　洗い清めて汚れを除く。
千古毒　纏足の悪習、弊害をいう。
百花魂　多くの女性たちの魂。
可憐　ああ、という感嘆詞。
鮫綃帕　鮫人が織った薄絹のハンカチーフ。鮫人は、水中で機《はた》を織る人魚のこと。流した涙は真珠になるという（干宝『捜神記』）。

通釈

太陽や月（皇帝や朝廷）が（希望の）光を発しないので、天地の間は真っ暗闇。深い水に沈んだままの婦女子たちを、私のほかに誰が救えようか。だから装身具《アクセサリー》を質《しち》に入れて大海に浮かび、家族と離れて国境を越えるのだ。纏足を解き放って千古の弊害を洗い清め、わが熱情で女たちの魂を奮い立たせよう。ああ、この絹のハンカチに染み着いたものは、半分は血の痕《あと》、半分は涙の痕。

解説

この詩は、秋瑾が三十歳で日本留学に出発した際、すなわち一九〇四年（光緒三十：明治三十七）六月下旬の作である。同年の二月に、日本とロシアは戦争の火蓋《ひぶた》を切った。同じ頃、秋瑾は北京で日中の婦人談話会に参加して服部繁子と知り合い、日本への留学を決意した。鈴木信太郎から日本刀を贈られ「日本鈴木文学士宝刀歌」や「剣歌」の詩を詠んだのもこの頃である。秋瑾には他にも「宝刀歌」「宝剣歌」「紅毛刀歌」など、刀剣を歌った詩が多数あって勇ましいが、「競雄」と並んで有名な「鑑湖女俠《かんこじょきょう》」の号を、彼女が初めて使ったのも、日本留学の直前、五月末に書いた手紙においてであった。ただし、本名はまだ「秋閨瑾」と記している。「鑒（鑑）湖」とは、紹興の近くにある湖の名で「鏡湖」ともいう。「女俠」は、「義俠心《ぎきょうしん》に富んだ女性」のこと。「正義を重んじて強者をくじき、弱者を助けようとする女性」であるから、秋瑾の号としてまことにふさわしい。この詩「懐い有り」にも、弱い立場に置かれた女たちを救おうとする、彼女の男気《おとこぎ》（義俠心）や使命感があふれ出ている。

六月下旬に天津《てんしん》港から船に乗り、長崎へと向かった際、秋瑾には八歳の男の子と四歳の女の子がおり、故郷には年老いた母もいた。愛のない夫との離別はともかく、子供たちとの「分離」は、特に辛かったはずである。そうした母子の情愛を振り切ってまで、彼女を日本へと向かわせたものは、英雄としての決意と使命感であった。

渡日の直前、六月の初旬に北京の陶然亭《とうぜんてい》で友人たちが送別の宴を開いてくれた際、秋瑾と義姉妹（「義兄弟」の女性版）の契りを交わしていた呉芝英《ごしえい》は、席上、秋瑾に「英雄は毅力《きりょく》（意志）尚《つよ》く、志士《しし》は苦心多し」という言葉を贈った。秋瑾自身も、日本へ向かう船上の詩（「日人石井君索和即用原韻」）で、「漫《みだ》りに（勝手に）云《い》う 女子は英雄ならずと、万里風《かぜ》に乗って独《ひと》り東に向かう」と言い、別の詩（「鷓鴣天《しゃこてん》」）でも「関山万里 雄行を作《な》す」、「言うを休《や》めよ 女子は英物に非ずと」と歌っている。彼女自身、自らを「英雄」視していたのである。実際、この時代に家族と別れ、日本刀を携えて船に乗り、戦時下の危険な海路をものともせず、言語も不自由な外国への留学を決行した秋瑾は、「英雄」と呼ぶにふさわしい女性であったろう。

纏足の苦しみから女性を解放し、奴隷の立場に甘んじている女たちの魂を、自らの熱情によって目覚めさせ、奮い立たせること。「英雄」として日本へ向かう秋瑾には、明確な目的があり、激しい情熱が燃えていた。船上で詠んだ詩（「鷓鴣天」）で「国の為に犠牲となる敢《あ》えて身を惜しまんや」と言うように、日本への留学は、決死の覚悟で挑む、命がけの行為であった。「有懐 游日本時作」の末尾、「憐れむべし 一幅 鮫綃の帕、半ばは是れ血痕 半ばは涙痕」の句には、男前な秋瑾の「悲壮な決意と血のにじむ努力」が、女性らしい美麗なイメージによって、表現されているのである。

勉女権歌

其一
吾輩愛自由、勉励自由一杯酒
男女平権天賦就、豈甘居牛後
願奮然自抜、一洗従前羞恥垢
若安作同儔、恢復江山労素手
其二
旧習最堪羞、女子竟同牛馬偶

女権《じょけん》に勉《つと》むる歌《うた》　秋瑾

其《そ》の一《いち》
吾輩《わがはい》は自由《じゆう》を愛《あい》す、勉励《べんれい》す　自由《じゆう》　一杯《いっぱい》の酒《さけ》
男女平権《だんじょへいけん》は天賦《てんぷ》の就《しゅう》、豈《あ》に牛後《ぎゅうご》に居《お》るに甘《あま》んぜん
願《ねが》はくは奮然《ふんぜん》として自《みずか》ら抜《ぬ》き、一洗《いっせん》せん
従前羞恥《じゅうぜんしゅうち》の垢《あか》を
若《なんじ》　安《やす》んじて同儔《どうちゅう》と作《な》り、江山《こうざん》を恢復《かいふく》するに
素手《そしゅ》を労《ろう》せ
其《そ》の二《に》
旧習《きゅうしゅう》は最《もっと》も羞《は》ずるに堪《た》えん、女子《じょし》は竟《つい》に牛馬《ぎゅうば》

曙光新放文明候、独立占頭籌
願奴隷根除、智識学問歴練就
責任上肩頭、国民女傑期無負

語釈

勉励　努力する。十分に享受できるよう勉め励む。
男女平権　男女の平等、同権。
牛後　牛の尻。強大な者に服従する喩え。
自抜　自分の（日本）刀を抜く。
同儔　同志。「儔」は、とも。仲間。
江山　祖国の山川。国土。

の偶《つれ》に同《おな》じ
曙光《しょこう》　新《あら》たに放《はな》つ　文明《ぶんめい》の候《とき》、独立《どくりつ》して頭《とう》
籌《ちゅう》を占《し》めん
願《ねが》はくは奴隷《どれい》の根除《こんのぞ》かれ、智識学問《ちしきがくもん》　歴《あまね》く練《れん》
就《じゅ》せんことを
責任《せきにん》　肩頭《けんとう》に上《のぼ》せ、国民《こくみん》の女傑《じょけつ》　負《そむ》く無《な》きを
期《き》さん

素手　白い手。若い女性の力。
旧習　（女性を苦しめてきた）旧くからの慣習。
堪羞　恥ずかしさに堪えきれない。
牛馬偶　牛や馬と同等。家畜と同じ。
頭籌　くじの一等賞。先導する指導者の喩え。
練就　習練をつんで成就する。練成。

通釈

（一）吾輩は自由を愛し、自由という名の一杯の酒を、とことん味わい尽くすのだ。男女同権は天が与えた（当然の）帰結、女が最後尾に甘んじている必要はない。私は奮い立って、わが手の白《はく》刃《じん》を抜き、昔から（女にこびりついてきた）恥ずべき汚れを一気に洗い清めたいのだ。だから君よ、安心してわが同志となり、異民族に占領された国土回復のため、その白き手を役立ててくれ。

（二）古い習慣は最も恥ずべきもの、女子は結局、家畜と同じ所有物にすぎなかった。今や夜明けの光が新たに差し始めた文明開化の時、私はひとりその先頭に立つリーダーとなろう。そして女たちの奴隷根性を取り除き、あらゆる知識や学問を身につけさせたい。その責任をこの肩に担い、「国民を代表する女傑」という期待を、裏切らず生きるのだ。

解説

この連作詩は、一九〇七年（光緒三十三、明治四十）三月に刊行された『中国女報』第二期に掲載された作品である。作詩の目的は、男女平等の実現と清朝打倒のため、若い女性読者に奮起を促すことにあり、掲載誌『中国女報』の目的と共通している。

「其の一」に「奮然として（刀を）自ら抜き」とあるが、これは鈴木信太郎から贈られた日本刀をイメージしてよいのであろう。「其の二」の「奴隷根（性）」は、二ヶ月前に発刊された『中国女報』第一期の、次のような言葉と響き合っている。「姉妹のみなさま、天《あめ》が下で奴隷というこの名は全地球の万国の誰一人として甘受しないところですのに、なぜまたわが姉妹は平然と受けて屈辱としないのですか」（「敬《つつし》んで姉妹に告げる」）

さらに「其の二」の詩句、「曙光　新たに放つ　文明の候、独立して頭籌を占めん」には、劣勢を跳ね返して祖国を勝利に導いたフランスの国民的ヒロイン、ジャンヌ・ダルクのイメージが重ねられているようである。日本から帰国した秋瑾には、「国民の女傑」――中国のジャンヌ・ダルク――として自分の人生を完結しようとする覚悟がすでにあった。裏返せばそれは、ジャンヌ・ダルクが異端審問裁判の結果、十九歳で火刑に処せられたのと同じ道を、自分も歩むことを、秋瑾が覚悟していた、ということにほかならない。そして現実は、まさにその通りになった。

同年（一九〇七）の七月六日、光復会の主要メンバーで秋瑾の盟友でもあった徐錫麟が、安徽《あんき》省で武装蜂起したが失敗、処刑された。秋瑾は連動して紹興で蜂起を画策した反逆者として逮捕され、七月十五日の早朝、衆人環視《しゅうじんかんし》のなか、紹興の街頭で斬首されたのである。後ろ手に縛られ、前夜の拷問で焼けただれた足は鎖に繋がれていたが、両脇を支えようとする兵士を、「自分で歩ける、手出し無用！」と一喝し、従容《しょうよう》として死に就いたと伝えられている。秋瑾は、最期まで自分の足で立ち続けた、独立不羈《ふき》の女傑であった。

諸田センセイからの一言

中国のジャンヌ・ダルク、秋瑾が企《くわだ》てた武装蜂起は、惜しくも失敗しました。しかし、その四年後、一九一一年に起こった武昌での蜂起をきっかけに、中国の各地で革命派が蜂起します。翌年の一月には、南京に孫文を臨時大統領とする臨時政府が樹立され、二月には、ラストエンペラー宣統帝《せんとうてい》が退位しました。こうして異民族の王朝・清はついに滅び、中国史上初の共和国「中華民国」が誕生したのです。この革命は辛亥《しんがい》革命と呼ばれていますが、その最大の立役者は孫文でした。

孫文は、一九一二年十二月、杭州（浙江省）西湖のほとりに秋瑾の墓を訪れ、その死を悼みつつ、「鑑湖女俠千古　巾幗《きんかく》英雄」と揮毫《きごう》しました。「巾幗」とは、髪をつつむ飾り布のこと。女性であることを象徴しています。中国では、この「巾幗英雄」の四字が、秋瑾さんの代名詞として広く知られています。

日本では、武田泰淳《たいじゅん》の小説『秋風秋雨人《しゅうふうしゅううひと》を愁殺《しゅうさつ》す　秋瑾女士伝』（一九六八年初刊）が、秋瑾さんの名を知らしめました。作品名に採られた「秋風……」の句は、処刑の前日（七月十四日）に彼女が書いた、絶筆の断句《だんく》（単独句）です。正確には「秋雨秋風愁煞人（秋雨秋風人を愁殺す）」（「煞」は「殺」の俗字）であったらしく、中国ではこの語順で知られています。

主要参考文献（略記）

屈原

・水沢利忠著『新釈漢文大系』第88・89巻　史記（明治書院・一九九〇、一九九三年）
・星川清孝著『新釈漢文大系』第34巻　楚辞（明治書院・一九七〇年）
・竹治貞夫著『中国の詩人1　屈原』（集英社・一九八三年）ほか

曹操

・陳寿著、今鷹真・井波律子訳『正史　三国志1』（ちくま学芸文庫・一九九二年）
・羅貫中著（原作）『中国古典文学大系　三国志演義（上）』（平凡社・一九六八年）
・竹田晃著『曹操』（講談社学術文庫・一九九六年）
・松浦友久編『続　校注　唐詩解釈辞典〔付〕歴代詩』（大修館書店・二〇〇一年）
・目加田誠著『新釈漢文大系』第76～78巻　世説新語（上）（中）（下）（明治書院・一九七五～一九七八年）ほか

陶淵明

・松枝茂夫・和田武司訳注『陶淵明全集』（上）（下）（岩波文庫・一九九〇年）
・田部井文雄・上田武著『陶淵明集全釈』（明治書院・二〇〇一年）
・松浦友久編『続　校注　唐詩解釈辞典〔付〕歴代詩』（大修館書店・二〇〇一年）
・竹内好編訳『魯迅評論集』（岩波文庫・一九八一年）ほか

李白

・松浦友久著『李白伝記論――客寓の詩想――』（研文出版・一九九四年）
・小尾郊一著『中国の詩人6　李白』（集英社・一九八二年）
・武部利男注『中国詩人選集』第7・8巻　李白（上）（下）（岩波書店・一九五七、一九五八年）
・青木正児著『漢詩大系8　李白』（集英社・一九六五年）
・安旗主編『李白全集編年箋注』（中華書局・二〇一五年版）
・松浦友久編『校注 唐詩解釈辞典』（大修館書店・一九八七年）
・小川環樹編『唐代の詩人――その伝記』（大修館書店・一九七五年）ほか

杜甫

・森野繁夫著『中国の詩人7　杜甫』（集英社・一九八二年）
・下定雅弘・松原朗編『杜甫全詩訳注』（一）～（四）（講談社学術文庫・二〇一六年）
・松原朗編『杜甫と玄宗皇帝の時代』（勉誠出版・二〇一八年）
・松浦友久編『校注 唐詩解釈辞典』（大修館書店・一九八七年）
・川合康三編訳『新編　中国名詩選（中）』（岩波文庫・二〇一五年）ほか

韓愈

・前野直彬著『韓愈の生涯』（秋山書店・一九七六年）
・前野直彬・斎藤茂著『中国の詩人8　韓退之』（集英社・一九八三年）
・清水茂著『中国古典選35　唐宋八家文（一）』（朝日新聞社・一九七八年）
・松浦友久編『校注 唐詩解釈辞典』（大修館書店・一九八七年）
・植木久行編『中国詩跡事典　漢詩の歌枕』（研文出版・二〇一五年）ほか

白楽天

・岡村繁著『新釈漢文大系』第97〜109・117〜119巻　白氏文集（明治書院・一九八八〜二〇一八年）
・太田次男著『中国の詩人10　白楽天』（集英社・一九八三年）
・埋田重夫著『白居易研究――閑適の詩想』（汲古書院・二〇〇六年）
・下定雅弘著『白楽天の愉悦――生きる叡智の輝き』（勉誠出版・二〇〇六年）
・松浦友久編『校注 唐詩解釈辞典』（大修館書店・一九八七年）
・植木久行編『中国詩跡事典　漢詩の歌枕』（研文出版・二〇一五年）ほか

魚玄機

・辛島驍著『漢詩大系　魚玄機・薛濤』（集英社・一九六四年）
・村上哲見著『科挙の話　試験制度と文人官僚』（講談社学術文庫・二〇〇〇年）
・植木久行編『中国詩跡事典　漢詩の歌枕』（研文出版・二〇一五年）ほか

蘇東坡

・山本和義著『中国詩文選19　蘇軾』（筑摩書房・一九七三年）
・横田輝俊著『中国の詩人11　蘇東坡』（集英社・一九八三年）
・林語堂著・合山究訳『蘇東坡（上）（下）』（講談社学術文庫・一九八六、一九八七年）
・小川環樹著『中国詩人選集二集』第5・6巻　蘇軾（上）（下）（岩波書店・一九六二年）ほか

秋瑾

・郭長海・郭君兮輯校『秋瑾詩文集』（浙江古籍出版社・二〇一七年）
・永田圭介著『競雄女侠伝――中国女性革命詩人秋瑾の生涯』（編集工房ノア・二〇〇四年）
・西順蔵・島田虔次編訳『中国古典文学大系　第58巻　清末民国初政治評論集』（平凡社・一九七一年）
・李芸華著『秋瑾伝』（北京時代華文書局・二〇一六年）ほか

あとがき

淡交社の山﨑さんから「中国の詩人」について、逸話を中心とした本を書いてほしいと依頼があったのは、二〇一九年の春であった。しかも「できれば詩人本人になりきって、諸田センセイのところへ相談にきた現代人のお悩みに答えてほしい」というのである。

これは土台無理な相談である。大学でも私のところへ人生相談に訪れる学生など一人もいない。友達に相談したほうがよほどましと見抜いているからだろう。しかし、「詩人になりきって」という提案には食指が動いた。私自身はじめての試みであるし、そもそも、そのような類書を見たことがない。好奇心を刺激され、思わず引き受けてしまった。

それから一年間、「産みの苦しみ」を楽しむ時を経て、本書は誕生した。

生まれた詩人は十人。なかには「詩人」の枠に収まりきらない人物もいるが、その破天荒なエピソードは空想の産物ではない。ほぼすべてが、詩人の作品（詩、文章）や歴史資料に基づく内容である。それは意識的に心がけたことでもあった。本書では、ちっぽけな私の空想力など極力排除し、いわば「無私の精神」によって、詩人の本質に肉薄し、実像を浮き彫りにすることを目指した。それが成功しているか否かは、読者のご判断にゆだねるほかはない。

「現代人の悩みに過去の詩人が答える」という本書の設定は、一見、荒唐無稽かもしれない。だが実は、古典の本質に深く根差したものである。

古典とは、「いつまでも古びない書物、作品」のことだ。そこには、世界や人間の普遍的な本質が表れている。だから、古典は古くならない。対話をすれば無限の含蓄があり、人生のピントを与えてくれる。「過去を知ることで、未来を考え、今を生きる指針を得る」。そのことを、昔から「温故知新」、「稽古（いにしえをかんがえる）」と呼んで、人は古典を大切にしてきたのである。

本書では、十人の詩人と、各二首の詩を紹介したが、その際にはできるだけ、その詩人らしさや個性が、典型的に表れた場面や作品を取り上げるように心がけた。もし、その選択が「今一つ」であったとすれば、それはひとえに著者の非力による。いずれにせよ、本書を手にした読者の皆様が、さらに各詩人の伝記や作品を読んでみたい、そう感じてくださったとすれば、著者として望外の幸せである。

冒頭に述べたように、私のもとへ人生相談に訪れる人はいない。そこで、本書では案内役として「サヨばあちゃん」に登場してもらい、「SLの駅舎」を舞台にさせていただいた。これは、私の母とその活動を支えてくださる皆さんの、実話に基づいた設定である。

こうした著者のわがままを広い心で受け入れ、滞りがちな筆を励ます手紙やメールを何度もくださったのは、淡交社の山﨑百桃さんである。五月女ケイ子さんの、インパクトあふれるイラストにも恵まれた。最後に、心からの謝意を表したい。

諸田龍美

諸田龍美（もろた たつみ）

1965年、静岡の茶どころ川根に生まれる。男。静岡大学教育学部卒業。小学校の先生になる夢は諦め、九州大学大学院に進学。博士後期課程単位取得。博士（文学）。愛媛大学法文学部教授。専門は中国古典文学。特に唐代文学。著書に『白居易恋情文学論』（勉誠出版）、『茶席からひろがる漢詩の世界』（淡交社）、共著書に『わかりやすくおもしろい中国文学講義』（中国書店）、『ゆっくり楽に生きる 漢詩の知恵』（学習研究社）、『漢詩酔談 酒を語り、詩に酔う』（大修館書店）など。

中国詩人烈伝

人生のヒントをくれる型破りな10賢人

2020年3月22日　初版発行

著　者　諸田龍美
発行者　納屋嘉人
発行所　株式会社 淡交社
本社　〒603-8588 京都市北区堀川通鞍馬口上ル
営業　075(432)5151
編集　075(432)5161
支社　〒162-0061 東京都新宿区市谷柳町39-1
営業　03(5269)7941
編集　03(5269)1691
www.tankosha.co.jp

印刷・製本　三晃印刷株式会社

ISBN 978-4-473-04395-5